生何必

饱满，

允许

松弛

李叔同＊著

苏州新闻出版集团

古吴轩出版社

图书在版编目（CIP）数据

人生何必太饱满，允许松弛 / 李叔同著. -- 苏州 ：古吴轩出版社，2023.6

ISBN 978-7-5546-2124-0

Ⅰ. ①人… Ⅱ. ①李… Ⅲ. ①文艺—作品综合集—中国—现代 Ⅳ. ①I216.2

中国国家版本馆CIP数据核字（2023）第068698号

责任编辑：顾　熙
见习编辑：张　君
策　　划：牛宏岩
装帧设计：言　成

书　　名：人生何必太饱满，允许松弛
著　　者：李叔同
出版发行：苏州新闻出版集团
　　　　　古吴轩出版社
　　　　　地址：苏州市八达街118号苏州新闻大厦30F
　　　　　电话：0512-65233679　　　邮编：215123
出 版 人：王乐飞
印　　刷：天宇万达印刷有限公司
开　　本：787×1092　1/32
印　　张：7
字　　数：115千字
版　　次：2023年6月第1版
印　　次：2023年6月第1次印刷
书　　号：ISBN 978-7-5546-2124-0
定　　价：46.00元

如有印装质量问题，请与印刷厂联系。0318-5302229

冰池照影何須月

雪岸聞香不見華

晉卿先生　雅正

丁巳五月李息書

剏

甲手提智慧

身被忍辱

華嚴經句　庚辰元旦試筆

丙尊居士淵澄　一音　甘年六十又一

山暖當春水源知夕

紫香五之六八廣

字瘦題石詩寒說雲

疾齋冕宵廣生

倏令蒼翠流屏扆

舊香仁兄夫人正

弟王壽彭

遠寄珊瑚作釣竿

朱雀橋邊野草花烏衣巷口夕
陽斜舊時王謝堂前燕飛入尋
常百姓家　劉禹錫詩　梁啟超

海天魚躍

此康士坦畫「媽ㄚ呀」
呼此聲時，一九五七年
八月三日下午七時許，
落日將沉，海天無際，
群鷗訊飛為破靜
寂歸而生之來於
萬一也，越三日記于
布加勒斯特　託石

山重水複疑無路
柳暗花明又一村
放翁句倣趙伯駒

出版说明

　　李叔同（1880—1942），中国艺术教育家、戏剧家、文学家、书画家。名文涛，字息霜，以号行，浙江平湖人，生于天津。出身于清进士、盐商家庭。擅长书画篆刻，工诗词。1905—1910年间在日本东京学西洋绘画和音乐。曾同曾孝谷等创立春柳社，参加话剧《茶花女》《黑奴吁天录》的演出。1906年创办《音乐小杂志》。归国后，在浙江两级师范、南京高等师范等校任绘画、音乐教员。作有歌曲《春游》《早秋》等，并采用外国歌曲配制新词作为学堂乐歌教材，如《送别》《西湖》等，对中国早期的艺术教育具有启蒙意义。1918年在杭州虎跑寺出家，法名演音，号弘一。后专研戒律。书法学六朝人写经，清醇散淡，自成体貌。有《弘一法师文钞》《前尘影事集》《李庐诗录》《弘一大师歌曲集》等。

本书选取其不同时期的代表作品，尊重作者原文风貌。

李叔同的作品有着很高的艺术水平，希冀读者在阅读过程中可以领悟其文中所表达的真谛，为生活平添一股宁静氛围，做到从容淡定地面对纷繁复杂的生活。万事哪能都称心？愿你能够纾解烦躁不安的情绪，静等花开花落，笑看风起云涌！

CONTENTS 目录

君子之交，其淡如水

 一音入耳来，万事离心去

律己，宜带秋气；处世，须带春风

辑一

坠欢莫拾，酒痕在衣

初到世间的慨叹

在清朝光绪年间，天津河东有一个地藏庵，庵前有一户人家。这是一座四进四出的进士宅邸，它的主人是一位官商，名字叫李世珍。李世珍曾是同治年间的进士，官任吏部主事，也因此使李家在当地的声名更加显赫了。但是，他为官不久便辞官返乡了，开始经商。他在晚年的时候，虔诚拜佛，为人宽厚，乐善好施，被人称为"李善人"。而这就是我的父亲。

我是光绪六年（1880），在这个平和良善的家庭中出生的。生我时，我的母亲只有二十岁，而我父亲已近六十八岁了。这是因为我是父亲的小妾生的，也正是如此，虽然父亲很疼爱我，但是在那时的官宦人家，妾的地位很卑微，我作为庶子，身份也就无法与我的同父异母的哥哥相比。从小就感受到这种不公平待遇给我带来的压抑感，然而只能是忍受着，这也许就为我今后出家埋下了伏笔。

在我五岁那年，父亲因病去世了。没有了父亲的庇护，我与母亲的处境很是困难。看着母亲一天到晚低眉顺眼、谨小慎微地度日，我的内心感到很难受，也使我产生了自卑的倾向。我养成了沉默寡言的内向性格，终日里与书做伴，与画为伍。只有在书画的世界里，我才能找到快乐和自由！

听我母亲后来跟我讲：在我降生的时候，有一只喜鹊叼着一根松枝放在了产房的窗上，所有人都认为这是佛赐祥瑞。而我后来也一直将这根松枝带在身边，并时常对着它祈祷。我的父亲对佛教的虔诚，使我在很小的时候就有机会接触到佛教经典，受到佛法的熏陶。我小时候刚开始识字，就跟着我的大娘，也就是我父亲的妻子，学习念诵《大悲咒》和《往生咒》。而我的嫂子也经常教我背诵《心经》和《金刚经》等。虽然那时我根本就不明白这些佛经的含义，也无从知晓它们的教理，但是我很喜欢念经时那种空灵的感受。也只有在这时我能感受到平等和安详！而我想这也许成为我今后出家的引路标。

我小时候，大约是六七岁的样子，就跟着我的哥哥文熙开始读书识字，并学习各种待人接物的礼仪，那时我哥哥已经二十岁了。由于我们家是书香门第，又是当地数一数二的官商世家，所以一直就沿袭着严格的教育理念。因此，我哥哥对我方方面面的功课，都督教得异常严格，稍有错误必加以严惩。我自小就在这样严厉的环境中长大，这使我从小就没有了小孩子应有的天真活泼，也疑我的天性遭到了压抑而导致有些扭曲。但是有一点不得不承认，那就是这种严格施教，对于我后来所养成的严谨认真的学习习惯和生活作风是起了决定作用的，而我后来的一切成就几乎都是得益于此，也由此我真心地感激我的哥哥。

当我长到八九岁时，就拜在常云政先生门下，成为他的入室弟子，开始攻读各种经史子集，并开始学习书法、金石等技艺。在我十三岁那年，天津的名士赵幼梅先生和唐静岩先生开始教我填词和书法，使我在诗词、书画方面得到了很大的提高，功力也较以前深厚了。为了考取功名，我对八股文下了很大的功夫，也因此得以在天津县学加以训练。在我十六岁的时候，我有了自己的思想，因过去所受的压抑而造成的"反叛"倾向也开始抬头了。我开始对过去刻苦学习是为了报国济世的思想不那么热衷了，却对文艺产生了浓厚的兴趣，尤其是戏曲，也因此成了一个不折不扣的票友。在此期间，我结识过一个叫杨翠喜的艺人，我经常去听她唱戏，并送她回家，只可惜后来她被官家包养，后来又嫁给一个商人做了妾。

此后我也有些惆怅，而那时我哥哥已经是天津一位有名的中医大师了，但是有一点我很不喜欢，就是他为人比较势利，攀权倚贵，嫌贫爱富。我曾经把我的看法向他说起，他不接受，并指责我有辱祖训，不务正业。无法，我只有与其背道而驰了，从行动上表示我的不满：对贫贱低微的人我礼敬有加，对富贵高傲的人我不理不睬；对小动物我关怀备至，对人我却不冷不热。在别人眼里我成了一个怪人，不可理喻，不过对此我倒是无所谓的。这可能是我日后看破红尘出家为僧的决定因素！

遇见精神的出生地

　　我一生中的大部分岁月都是在南方度过的，这其中，杭州是我人生道路发生重大转变的地方。作为一名高校的艺术教师，我在浙一师的六年执教生涯中业绩斐然；作为一个诸艺略通的人，那段时期也该算我艺术创作的一个鼎盛期吧。然而更重要的是，在杭州，我找到了自己精神上的归宿，最终步入了佛门。

　　1912年3月，我接受浙江两级师范学堂（次年更名为浙江第一师范学校）教务长经亨颐的邀请，来该校任教。我之所以决定辞去此前在上海《太平洋报》做得极为出色的主编工作，除了经亨颐的热情邀请之外，西湖的美景也是一个重要的原因。经亨颐就曾说我"本性淡泊，辞去他处厚聘，乐居于杭，一半勾留是西湖"。

　　我那时已人到中年，而且渐渐厌倦了浮华声色，内心渴望一份安宁和平静，生活方式也渐渐变得内敛起来。我早在《太平洋报》任职期间，平日里便喜欢离群索居，几乎是足不出户。而在这之前，无论是在我的出生和成长之地天津，还是在我"二十文章惊海内"的上海，抑或是在我渡洋留学以专攻艺术的日本东京，我一直都生活在风华旋裹的氛围之中，随着这种心境的转变，到杭州来工作和生活，便成了一个再合适不过的选择。

1918年8月19日，农历七月十三，相传是大势至菩萨的圣诞，我便于这一天在虎跑寺正式剃发出家了，法名演音，号弘一。

到了9月下旬，我移锡灵隐受戒。正是在受戒期间，我辗转披读了马一孚送我的两本佛门律学典籍——分别是明清之际的二位高僧蕅益智旭与见月宝华所著的《灵峰毗尼事义集要》和《宝华传戒正范》——不禁悲欣交集，发愿要让其时弛废已久的佛门律学重光于世。可以说，我后来的一切事务就是从事对佛教律学的研究，如果说因此取得了一点成绩，也正是从此开始起步的。

对于我的出家，历来众说纷纭，莫衷一是。其实，我为此写过一篇《我在西湖出家的经过》，对于自己出家的缘由与经过做了详细的介绍。无论如何，在我看来，佛教为世人提供了一条医治生命无常这一人生根本苦痛的道路，这使我觉得，没有比依佛法修行更为积极和更有意义的人生之路了。当人们试图寻找各种各样的原因来解释我走向佛教的原因之时，不要忘记，最重要的原因其实正是来自佛教本身。就我皈依佛教而言，杭州可以说是我精神上的出生地。

辛丑北征泪墨

　　游子无家，朔南驰逐。值兹离乱，弥多感哀。城郭人民，慨怆今昔。耳目所接，辄志简篇，零句断章，积焉成帙。重加厘削，定为一卷，不书时日，酬应杂务，百无二三。颜曰：《北征泪墨》，以示不从日记例也。辛丑初夏，惜霜识于海上李庐。

　　光绪二十七年（1901）春正月，拟赴豫省仲兄。将启行矣，填《南浦月》一阕海上留别词云：

　　杨柳无情，丝丝化作愁千缕。惺忪如许，萦起心头绪。谁道销魂，尽是无凭据。离亭外，一帆风雨，只有人归去。

　　越数日启行，风平浪静，欣慰殊甚。落日照海，白浪翻银，精采眩目。群鸟翻翼，回翔水面。附海诸岛，若隐若现。是夜梦至家，见老母室人作对泣状，似不胜离别之感者。余亦潸然涕下，比醒时，泪痕已湿枕矣。

途经大沽口，沿岸残垒败灶，不堪极目。《夜泊塘沽》诗云：

> 杜宇声声归去好，天涯何处无芳草。
>
> 春来春去奈愁何？流光一霎催人老。
>
> 新鬼故鬼鸣喧哗，野火磷磷树影遮。
>
> 月似解人离别苦，清光减作一钩斜。

晨起登岸，行李冗赘，至则第一次火车已开往矣。欲寻客邸暂驻行踪，而兵燹之后，旧时旅馆率皆颓坏。有新筑草舍三间，无门窗床几，人皆席地坐。杯茶盂馔，都叹阙如。强忍饥渴，兀坐长喟。至日暮，始乘火车赴天津。路途所经，庐舍大半烧毁。抵津城，而城墙已拆去，十无二三矣。侨寄城东姚氏庐，逢旧日诸友人，晋接之余，忽忽然如隔世。唐句云："乍见翻疑梦，相悲各问年。"其此境乎！到津次夜，大风怒吼，金铁皆鸣，愁不成寐，诗云：

> 世界鱼龙混，天心何不平？
>
> 岂因时事感，偏作怒号声。

烛尽难寻梦，春寒况五更。

马嘶残月坠，笳鼓万军营。

居津数日，拟赴豫中。闻土寇蜂起，虎踞海隅，屡伤洋兵，行人惴惴。余自是无赴豫之志矣。小住二旬，仍归棹海上。

天津北城旧地，拆毁甫毕。尘积数寸，风沙漫天，而旷阔逾恒，行道者便之。

晤日本上冈君，名岩太，字白电，别号九十九洋生，赤十字社中人，今在病院。笔谈竟夕，极为契合，蒙勉以"尽忠报国"等语，感愧殊甚。因成七绝一章，以当诗云：

杜宇啼残故国愁，虚名遑敢望千秋。

男儿若论收场好，不是将军也断头。

越日，又偕赵幼梅师、大野舍吉君、王君耀忱及上冈君，合拍一照于育婴堂。盖赵师近日执事于其间也。

居津时，日过育婴堂，访赵幼梅师，谈日本人求赵师书者甚多。见予略解分布，亦争以缣素嘱写，颇有应接不暇之势。追忆其姓名，可记者，曰神鹤吉、曰大野舍吉、曰大桥富藏、曰井上信夫、曰上冈岩太、曰塚崎饭五郎、曰稻垣几松。就中大桥君有书名，予乞得数幅。又丐赵师转求千郁治书一联，以千叶君尤负盛名也。海外墨缘，于斯为盛。

北方当仲春天气，犹凝阴积寒，抚事感时，增人烦恼。旅馆无俚，读李后主《浪淘沙》词"帘外雨潺潺，春意阑珊。罗衾不耐五更寒"句，为之怅然久之。既而，风雪交加，严寒砭骨，身着重裘，犹起栗也。

《津门清明》诗云：

> 一杯浊酒过清明，肠断樽前百感生。
> 辜负江南好风景，杏花时节在边城。

世人每好作感时诗文，余雅不喜此事。曾有诗以示津中同人。诗云：

> 千秋功罪公评在，我本红羊劫外身。
> 自分聪明原有限，羞从事后论旁人。

北地多狂风，今岁益甚。某日夕，有黄云自西北来，忽焉狂风怒号，飞沙迷目。彼苍苍者其亦有所感乎！

二月杪，整装南下，第一夜宿塘沽旅馆。长夜漫漫，孤灯如豆，填《西江月》一阕词云：

残漏惊人梦里，孤灯对景成双。前尘渺渺几思量，只道人归是谎。

谁说春宵苦短，算来竟比年长。海风吹起夜潮狂，怎把新愁吹涨？

越日，日夕登轮。诗云：

感慨沧桑变，天边极目时。

晚帆轻似箭，落日大如箕。

风卷旌旗走，野平车马驰。

河山悲故国，不禁泪双垂。

开轮后，入夜管弦嘈杂，突惊幽梦。倚枕静听，音节斐靡，沨沨动人。昔人诗云：

我已三更鸳梦醒，犹闻帘外有笙歌。

不图于今日得之。

舟泊燕台，山势环拱，帆樯云集，海水莹然，作深碧色。往来渔舟，清可见底。登高眺远，幽怀顿开。诗云：

澄澄一水碧琉璃，长鸣海鸟如儿啼。

晨日掩山白无色，□□□□青天低。

午后，偕友登燕台岸小憩，归来已日暮。□□□开轮。午餐后，同人又各奏乐器，笙琴笛管，无美不□。迭奏未已，继以清歌。愁人当此，虽可差解寂寥，然河满一声，奈何空唤；适足增我回肠荡气耳。枕上口占一绝，云：

子夜新声碧玉环，可怜肠断念家山。

劝君莫把愁颜破，西望长安人未还。

西湖夜游记

　　壬子七月，予重来杭州，客师范学舍。残暑未歇，庭树肇秋，高楼当风，竟夕寂坐。越六日，偕姜、夏二先生游西湖。于时晚晖落红，暮山披紫，游众星散，流萤出林。湖岸风来，轻裾致爽。乃入湖上某亭，命治茗具。又有菱芰，陈粲盈几。短童侍坐，狂客披襟，申眉高谈，乐说旧事。庄谐杂作，继以长啸，林鸟惊飞，残灯不华。起视明湖，莹然一碧；远峰苍苍，若现若隐，颇涉遐想，因忆旧游。曩岁来杭，故旧交集，文子耀斋，田子毅侯，时相过从，辄饮湖上。岁月如流，倏逾九稔。生者流离，逝者不作，坠欢莫拾，酒痕在衣。刘孝标云："魂魄一去，将同秋草。"吾生渺茫，可喟然感矣。漏下三箭，秉烛言归。星辰在天，万籁俱寂，野火暗暗，疑似青磷；垂杨沈沈，有如酣睡。归来篝灯，斗室无寐，秋声如雨，我劳何如？目瞑意倦，濡笔记之。

乐石社记

粤若稽古，先圣继天有作。创造六书，以给世用。后贤踵事，附庸艺林。金石刻划，实祖缪篆。上起秦汉，下逮珠申。彬彬郁郁，垂二千年，可谓盛已。世衰道微，士不悦学，一技之末，假手崵夷。兽蹄鸟迹，触以累累，破觚为圆，用夷变夏。典型沦丧，殆无讥焉。不佞无似，少耽痴癖。结习所存，古欢未坠。曩以人事，昧迹武林，滥竽师校。同学邱子，年少英发，既耽染翰，尤嗜印文。校秦量汉，笃志爱古。遂约同人，集为兹社，树之风声，颜以乐石。切磋商兑，初限校友。继乃张皇，他山取益。志道既合，声气遂孚。自冬徂春，规模浸备。复假彼故宫，为我社址。而西泠印社诸子，觥觥先进，勿弃葑菲。左提右挈，乐观厥成，滋可感也。不佞味道懵学，文质靡底。前鱼老马，尸位经年。伏念雕虫篆刻，壮夫不为。而雅废夷侵，贤者所耻。值猖狂颓靡之秋，结枯槁寂寞之侣，足音空谷，幽草寒琼。纵未敢白附于国粹之林，倘亦贤乎博奕云尔。爰陈梗概，备观览焉，乙卯六月，李息翁记。

断食日志

丙辰嘉平一日始。断食后，易名欣，字俶同，黄昏老人，李息。

十一月廿二日，决定断食。祷诸大神之前，神诏断食，故决定之。

择录村井氏说：妻之经验。最初四日，预备半断食。六月五日、六日，粥、梅干。七日、八日，重汤、梅干。九日始本断食，安静。饮用水一日五合，一回一合，分五六回服用。第二日，饥饿胸烧，舌生白苔。第三、四日，肩腕痛。第四日，腹部全体凝固，体倦就床，晨轻晚重。第五日，同，稍轻减，坐起一度散步。第六日，轻减，气氛爽快，白苔消失，胸烧愈。第七日，晨平稳，断食期至此止。

后一日，摄重汤，轻二碗三回，梅干无味。后二日，同。后三日，粥、梅干、胡瓜、实入吸物。后四日，粥、吸物、少量刺身。后五日，粥、野菜、轻鱼。后六日，普通食，起床，此两三日，手足浮肿。

断食期内，或体痛不能眠，或下痢，或嚏。便时以不下床为宜。预备断食或一周间，粥三日，重汤四日。断食后或须一周间，重汤三日，粥四日，个半月体量恢复。半断食时服リチネ（西药Richine）。

到虎跑寺携带品：被褥帐枕、米、梅干、杨子、齿磨、手巾手帕、便器、衣、漉水布、リチネ、日记纸笔书、番茶、镜。

预定期间：一日下午赴虎跑渡。上午闻玉去预备。中食饭，晚食粥、梅干。二日、三日、四日，粥、梅干。五日、六日、七日，重汤、梅干。八日至十七日断食。十八日、十九日、二十日，重汤、梅干。廿一日、廿二日、廿三日、廿四日，粥、梅干、轻菜食。廿五日返校，常食。廿八日返沪。

卅日晨，命闻玉携蚊帐、米、纸、糊、用具到虎跑。室宜清闲，无人迹，无人声，面南，日光遮北，以楼为宜。是晚食饭，拂拭大小便器、桌椅。

午后四时半人山，晚餐素菜六篑（音癸，盛食物的圆形器具），极鲜美。食饭二盂，尚未餍，因明日始即预备断食，强止之。榻于客堂楼下，室面南，设榻于西隅，可以迎朝阳。闻玉设榻于后一小室，仅隔一板壁，故呼应便捷。晚燃菜油灯，作楷八十四字。自数日前病感冒，伤风微嗽，今日仍未愈。口干鼻塞，喉紧声哑，但精神如常。八时眠，夜间因楼上僧人足声时作，未能安眠。

十二月一日，晴，微风，五十度[1]。断食前期第一日。疾稍愈，七时半起床。是日午十一时食粥二盂、紫苏叶二片、豆腐三小方。晚五时食粥二盂、紫苏叶二片、梅一枚。饮冷水三杯，有时混杏仁露，食小橘五枚。午后到寺外运动。

余平日之常课，为晨起冷水擦身，日光浴，眠前热水洗足。自今日起冷水擦身暂停，日光浴时间减短，洗足之热水改为温水，因欲使精神聚定，力避冷热极端之刺激也。对于后人断食者，应注意如下：

（一）未断食时练习多食冷开水。断食初期改食冷生水，渐次加多。因断食时日饮五杯冷水殊不易，且恐腹泻也。

（二）断食初期时之粥或米汤，于微温时食之，不可太热。因与冷水混合，恐致腹痛。

余每晨起后，必通大便一次。今晨如常，但十时后屡放屁不止。二时后又打嗝儿甚多，此为平日所无。是日书楷字百六十八，篆字百零八。夜观焰口，至九时始眠。夜微嗽多

———————

① 此处为华氏度，其下亦同。

恶梦，未能入眠。

二日，晴和，五十度。断食前期第二日。七时半起床，晨起无大便。是日午前十一时食粥一盂、梅一枚、紫苏叶二片。午后五时同。饮冷水三杯，食橘子三枚，因运动归来体倦故。是日舌苔白，口内粘滞，上牙里皮脱。精神如常，但过则疲□□。运动微觉疲倦，头目眩晕。自明日始即不运动。

晚侍和尚念佛，静坐一小时。写字百三十二，是日鼻塞。摹大同造像一幅，原拓本自和尚假来，尚有三幅，明后续□□。八时半眠，夜梦为升高跳跃运动。其处为器具拍卖场，陈设箱柜几椅并玩具装饰品等。余跳跃于上，或腾空飞行于其间，足不履地，灵捷异常，获优胜之名誉。旁观有德国工程师二人，皆能操北京语。一人谓有如此之技能，可以任远东大运动会之某种运动，必获优胜，余逊谢之。一人谓练习身体，断食最有效，吾二人已二日不食。余即告余现在虎跑断食，亦已预备二日矣。其旁又有一中国人，持一表，旁写题目，中并列长短之直红线数十条，如计算增减高低之表式，是记余跳跃高低之顺序者。是人持以示余，谓某处由低而高而低之处，最不易跳跃，赞余有超人之绝技。后余出门下土坡，屡遇西洋妇人，皆与余为礼，贺余运动之成功，余笑谢之。梦至此遂醒。余生平未尝为一次运动，亦未尝梦中运动，头脑中久无此思想，忽得此梦，至为可异，殆因胃内虚空，有以致之欤？

三日，晴和，五十二度。断食前第三日。七时半起床。是晨觉饥饿，胸中搅乱，苦闷异常，口干，饮冷水。勉坐起披衣，头昏心乱，发虚汗作呕，力不能支，仍和衣卧少时。饮梅茶二杯，乃起床，精神疲惫，四肢无力。九时后精神稍复元，食橘子二枚。是晨无大便，饮药油一剂，十时半软便一次，甚畅快。十一时水泻一次，精神颇佳，与平常无大异。十一时二十分食粥半盂、梅一个、紫苏一枚。摹普泰造像、天监造像二页。饮水，食物，喉痛，或因泉水性太烈，使喉内脱皮之故。午后四时，饮水后打嗝，食小梨一个，五时食粥半盂。是日感冒伤风已愈，但有时微嗽。是日午后及晚，侍和尚念佛，静坐一小时。八时半眠。入山预断以来，即不能为长时之安眠，旋睡旋醒，辗转反侧。

四日，晴和，五十三度。断食前第四日。七时半起床。是晨气闷，心跳，口渴，但较昨晨则轻减多矣，饮冷水稍愈。起床后头微晕，四肢乏力。食小橘一枚，香蕉半个。八时半精神如常，上楼访弘声上人，借佛经三部。午后散步至山门，归来已觉微疲。是日打嗝儿甚多，口时作渴，一共饮冷水四大杯。摹大明造像一页。写楷字八十四，篆字五十四。无大便。四时后头昏，精神稍减，食小橘二枚。是日十一时饮米汤二盂，食米粒二十余。八时就床，就床前食香蕉半个。自预备断食，每夜三时后腿痛，手足麻木。（余前每逢严冬有此旧疾，但不甚剧。）

五日，晴和，五十三度。断食前第五日。七时半起床。是夜前半颇觉身体舒泰，后半夜仍腿痛，手足麻木。三时醒，口干，心微跳，较昨减轻。食香蕉半个，饮冷水稍眠。六时醒，气体甚好。起床后不似前二日之头晕乏力，精神如常，心胸愉快。到菜园采花供铁瓶。食梨半个，吐渣。自昨日起，多写字，觉左腰痛。是日腹中屡屡作响。时流鼻涕，喉中肿烂尚未愈。午后侍和尚念经，静坐一小时，微觉腰痛，不如前日之稳静。三时食梨半个，吐渣，食香蕉半个。午、晚饮米汤一盂。写字百六十二。傍晚精神稍差，恶寒口渴。本定于后日起断食。改自明日起断食，奉神诏也。

断食期内，每日饮梨汁一个之分量，饮橘汁三小个之分量。饮毕漱口。又因信仰上每晨餐神供生白米一粒，将眠，食香蕉半个。是日无大便，七时就床。是夜神经过敏甚剧，加以鼠声、人鼾声，终夜未安眠。口甚干，后半夜腿痛稍轻，微觉肩痛。

六日，晴暖，晚半阴，五十六度。断食正期第一日。八时起床。三时醒，心跳，胸闷，饮冷水橘汁及梅茶一杯。八时起床，手足乏力。头微晕，执笔作字殊乏力，精神不如昨日。八时半饮梅茶一杯。脑力渐衰，眼手不灵，写日记时有误字，多遗忘。九时半后精神稍可。十时后精神甚佳，口渴已愈。数日来喉中肿烂亦愈。今日到大殿去二次，计上下廿四级石阶四次，已觉足乏力，为以往所无。是日共饮梨汁一个，橘汁二个。傍晚精神不衰，较胜昨日，但足乏力耳。仍时流鼻涕，晚间精神尤佳。是日不觉如何饥饿。晚有便意，仅放屁数个，仍无便。是夜能安眠，前半夜尤稳安舒泰。眠前以棉花塞耳，并诵神人合一之旨。夜间腿痛已愈，但左肩微痛。七时就床，梦变为丰颜之少年，自谓系断食之效。

七日，阴复晴，夜大风，五十四度。断食正期第二日。六时半起床。四时醒，心跳微作即愈，较前二日减轻。饮冷水甚多。六时半即起床，因是日头晕已减轻，精神较昨日为佳，且天甚暖，故早起床也。起床后饮橘汁一枚。晨览《释迦如来应化事迹图》。八时后精神不振，打哈欠，口塞流鼻涕，但起立行动如常。午后身体寒益甚，拥被稍息。想出食物数种，他日试为之。炒饼、饼汤、虾仁豆腐、虾子面片、十锦丝、咸口瓜。三时起床，冷已愈，足力比昨日稍健。是日无大便，饮冷水较多。前半夜肩稍痛，须左右屡屡互易，后半夜已愈。

八日，阴，大风，寒，午后时露日光，五十度。断食正期第三日。十时起床。五时醒，气体至佳，如前数日之心跳头晕等皆无。因天寒大风，故起床较迟。起床后精神甚佳，手足有力，到院内散步。四时半就床，午后益寒，因早就床。是日食欲稍动，有时觉饥，并默想各种食物之种类及其滋味。是夜安眠，足关节稍痛。

九日，晴，寒，风，午后阴，四十八度。断食正期第四日。八时半起床。四时醒，气体极佳，与日常无异。起床后精神如常，手足有力。朝日照人，心目豁爽。小便后尿管微痛，因饮水太多之故。自今日始不饮梨橘汁，改饮盐梅茶二杯。午后因饮水过多，胸中苦闷。是日午前精神最佳，写字八十四，到菜圃散步。午后寒，一时拥被稍息。三时起床，室内运动。是日不感饥饿。因天寒，五时半就床。

十日，阴，寒，四十七度。断食正期第五日。十时半起床。四时半醒，气体精神与昨同。起床后精神至佳。是日因寒故起床较迟。今日加饮盐汤一小杯。十一时杨、刘二君来谈至欢。因寒四时就床。是日写字半页。近日神经过敏已稍愈。故夜间较能安眠。但因昨日饮水过多伤胃，胃时苦闷，今日饮水较少。

十一日，阴寒，夕晴，四十七度。断食正期第六日。九时半起床。四时半醒，气体与昨同。夜间右足微痛，又胃部终不舒畅。是日口干，因寒起床稍迟，饮盐汤半杯，饮梨汁。夕晴，心目豁爽。写字百三十八。坐檐下曝日，四时就床，因寒早就床。是晚感谢神恩，誓必皈依。致福基书。

十二日，晨阴，大雾，寒，午后晴，四十八度。断食正期第七日。十一时起床。四时半醒，气体与昨同，足痛已愈，胃部已舒畅。口干，因寒不敢起床。十一时福基遣人送棉衣来，乃披衣起。饮梨汁及盐汤、橘汁。午后精神甚佳，耳目聪明，头脑爽快，胜于前数日。到菜圃散步。写字五十四。自昨日始，腹部有变动，微有便意，又有时稍感饥饿。是日饮水甚少。晚晴甚佳，四时半就床。

十三日，晨半晴阴，后晴和，夕风，五十四度。断食后期第一日。八时半起床。气体与昨同。晨饮淡米汤二盂，不知其味，屡有便意，口干后愈。饮梨汁、橘汁。十一时饮浓米汤一盂，食梅干一个，不知其味。十一时服泻油少许，十一时半大便一次甚多，便色红，便时腹微痛，便后渐觉身体疲弱，手足无力。午后勉强到菜圃一次。是日不饮冷水。午前写字五十四。是日身体疲倦甚剧，断食正期未尝如是。

胃口未开，不感饥饿，尤不愿饮米汤，是夕勉强饮一盂，不能再多饮。

十四日，晴，午前风，五十度。断食后期第二日。七时半起床。气体与昨同，夜间较能安眠。五时饮米汤一盂，口干，起床后精神较昨佳。大便轻泻一次，又饮米汤一盂，饮橘汁，食苹果半枚。是日因米汤、梅干与胃口不合，于十一时饮薄藕粉一盂，食炒米糕二片，极觉美味，精神亦骤加。精神复元，是日极愉快满足。一时饮薄藕粉一盂，食米糕一片。写字三百八十四。腰腕稍痛，暗记诵《神乐歌序章》。四时食稀粥一盂、咸蛋半个、梅干一个。是日不感十分饥饿，如是已甚满足。五时半就床。

十五日，晴，四十九度。断食后期第三日。七时起床。夜间渐能眠，气体无异平时。拥衾饮茶一杯，食米糕三片。早食藕粉、米糕，午前到佛堂菜圃散步，写字八十四。午食粥二盂，青菜、咸蛋少许。夕食芋四个，极鲜美。食梨一个、橘二个。敬抄《御神乐歌》二页，暗记诵一、二、三下目。晚饮粥二盂，青菜、咸蛋、少许梅干。晚食粥后，又食米糕、饮茶，未能调和，胃不合，终夜屡打嗝儿，腹鸣。是日无大便。七时就床。

十六日，晴，四十九度。断食后期第四日。七时半起床。晨饮红茶一杯，食藕粉、芋。午食薄粥三盂，青菜、芋大半碗，极美。有生以来不知菜芋之味如是也。食橘、苹果。晚食与午同。是日午后出山门散步，诵《神乐歌》，甚愉快。入山以来，此为愉快之第一日矣。敬抄《神乐歌》七页，暗记诵四、五下目。晚食后食烟一服。七时半就床，夜眠较迟，胃甚安，是日无大便。

十七日，晴暖，五十二度。断食后期第五日。七时起床。夜间仍不能多眠，晨饮泻油极少量。晨餐浓粥一盂、芋五个，仍不足，再食米糕三片、藕粉一盂。九时半大便一次，极畅快。到菜圃诵《御神乐歌》。中膳，米饭一盂、粥二盂、油炸豆腐一碗。本寺例初一、十五始食豆腐，今日特因僧人某死，葬资有余，故以之购食豆腐。午前后到山门外散步二次。拟定出山门后剃须。闻玉采萝卜来，食之至甘。晚膳粥三盂、豆腐青菜一盂，极美。今日抄《御神乐歌》五页，暗记诵六下目。作书寄普慈。是日大便后愉快，晚膳后尤愉快，坐檐下久。拟定今后更名欣，字俶同。七时半就床。

十八日，阴，微雨，四十九度。断食后期最后一日。五时半起床。夜间酣眠八小时，甚畅快，入山以来未之有也。是晨早起，因欲食寺中早粥。起床后大便一次，甚畅。六时半食浓粥三盂、豆腐青菜一盂，胃甚涨。坐菜圃小屋诵《神乐歌》，今日暗记诵七下目，敬抄《神乐歌》八页。午，食饭二盂、豆腐青菜一盂，胃涨大，食烟一服。午后到山中散步，足力极健。采干花草数枝、松子数个。晚食浓粥二盂、青菜半盂，仅食此不敢再多，恐胃涨也。餐后胸中极感愉快。灯下写字五十四，辑订断食中字课，七时半就床。

十九日，阴，微雨，四时半起床。午后一时出山归校。嘱托闻玉事件：晚饭菜，橘子，做衣服附袖头，廿二要，轿子油布，轿夫选择，新蚊帐，夜壶。自己事件：写真，付饭钱，致普慈信。

断食日记

丙辰十一月二十九日：

断食换心，是一种科学的，也是哲学的试验。告诉闻玉：断食中，不会任何亲友，不拆任何函件，不问任何事务。家中有事，由闻玉答复，处理完毕。待断食期满，告诉我。断食中尽量谢绝一切谈话。整天定课是练字、作印、静坐，三个段落。食量：早餐一碗粥，中餐一碗半饭、一碗菜，晚餐一碗饭及小菜。这是平日三分之二的食量。晚间，准备笔、墨、纸，明天开始习字。闻玉是一个虔诚的护法。

丙辰十一月三十日：

清早六时起床，静坐片刻，盥洗。六点半以后，习字一点钟。早餐，粥大半碗。饭后，静坐。九时起，习字一点钟。午餐，饭菜各一碗。十二点后，午眠。下午二时起，静坐。三点钟起，习字。饥肠辘辘。晚餐，饭菜各一碗。饭后，静坐片刻。就寝。

丙辰十二月一日：

六时起身，静坐。习字功课如昨。早餐，粥半碗，较昨日为稀。中餐，饭菜各一碗。午后小眠，习字如昨。傍晚，腹中如火焚。晚餐，饭半碗。逐日减少活动，以静、定、安、虑作生活中心。闻玉示我，雪子有笺。闻玉待我，周切备至，此情永不能忘。

丙辰十二月二日：

清晨，习字、静坐如常。早餐，稀粥半碗。中餐，改吃粥及菜合一碗。傍晚，空腹时，腹中熊熊然。坚定信念，习字、静坐。精神稍感减衰，镜中看人，略见瘦削。晚餐，稀粥半小碗。六时入睡。

丙辰十二月三日：

晨起，精神渐渐轻快。早餐，稀粥半碗。中餐，稀粥一碗，菜少许。晚餐谢绝。但饮虎跑冷泉一杯。（虎跑泉，著名于杭州。）我如一老僧坐禅，闻玉赫然韦陀！精神蜷然，腹内干燥减少。静坐、习字如昔。晚六时入睡，无梦。

丙辰十二月四日：

晨起，泉水一大杯。绝稀粥。静坐以待寂灭，习字以观性灵。中餐，稀粥半碗，菜少许。傍晚，泉水一杯。习字、静坐如常。闻玉示我，雪子笺至。"情"可畏也。年前曾与雪子妥商，假期来虎跑断食。晚六时入睡。

丙辰十二月五日：

晨起，饮泉水一杯，清凉可口。习字、静坐。精神稳定，腹中舒泰。中餐，稀粥半小碗，无菜。晚，泉水一杯。六时入眠，安静、无梦、轻快。

丙辰十二月六日：

今天，整日饮甘泉。断绝人间烟火。习字、静坐。思丝、虑缕，脉脉可见。文思渐起，不能自已。晚间日落时入眠。

丙辰十二月七日、丙辰十二月八日、丙辰十二月九日：

静坐，习字，饮甘泉水。无梦，无挂，无虑，心清，意净，体轻。饮食，生理上之习惯而已！静坐时，耳根灵明，大地间无不是众生嗷嗷不息之声。

丙辰十二月十日、丙辰十二月十一日：

精神界一片灵明，思潮澎湃不已。法喜无垠。

丙辰十二月十二日：

作印一方："不食人间烟火"。空空洞洞，既悲而欣。

丙辰十二月十三日：

依法：中餐恢复稀粥半小碗。静坐、习字如昔。

丙辰十二月十四日：

饮食逐次增进。治印："一息尚存"。心胃开阔，饭食奇香。

丙辰十二月十五日：

丏尊当不知我来此间实行断食也。一切如旧。中餐用菜。署别名：李婴。老子云："能婴儿乎？"

丙辰十二月十六日：

中餐改用饭菜。习字，静坐。室内散步。

丙辰十二月十七日、丙辰十二月十八日：

七天不食人间烟火。精神、笔力、思考奇利。

丙辰十二月十九日：

整理各式书法一百余幅，印数方。回校……

我在西湖出家的经过（节选）

　　杭州这个地方，实堪称为佛地，因为那边寺庙之多，有两千余所，可想见杭州佛法之盛了。

　　最近越风社要出关于西湖的增刊，黄居士来函，要我做一篇《西湖与佛教之因缘》。我觉得这个题目的范围太广泛了，而且又无参考书在手，短期内是不能做成的。所以现在我就将从前在西湖居住时那些值得追味的几件零碎的事情拿来说一说，也算是纪念我出家的经过。

　　我第一次到杭州，是光绪二十八年（1902）七月①。在杭州住了约莫一个月光景，但是并没有到寺院里去过。只记得有一次到涌金门外去吃过一回茶而已，同时也就把西湖的风景稍微看了一下子。

　　第二次到杭州时，那是民国元年（1912）的七月里。这回到杭州倒住得很久，一直住了近十年，可以说是很久的了。

——————————

① 本篇所记年月，皆依旧历。

我的住处在钱塘门内，离西湖很近，只两里路光景。在钱塘门外，靠西湖边有一所小茶馆，名景春园。我常常一个人出门，独自到景春园的楼上去吃茶。

民国初年的时候，西湖那边的情形完全与现在两样。那时候还有城墙及很多柳树，都是很好看的。除了春秋两季的香会之外，西湖边的人总是很少，而钱塘门外，更是冷静了。

在景春园的楼下，有许多的茶客，都是那些摇船抬轿的劳动者居多。而在楼上吃茶的就只有我一个人了。所以，我常常一个人在上面吃茶，同时还凭栏看看西湖的风景。

在茶馆的附近，就是那有名的大寺院——昭庆寺了。我吃茶之后，也常常顺便到那里去看一看。

民国二年（1913）夏天的时候，我曾在西湖的广化寺里住了好几天，但是住的地方，却不在出家人的范围之内，那是在该寺的旁边，有一所叫作痘神祠的楼上。

痘神祠是广化寺专门为着要给那些在家的客人住的。当时我住在里面的时候，有时也曾到出家人所住的地方去看看，心里却感觉很有意思呢！

记得那时我亦常常坐船到湖心亭去吃茶。

曾有一次，学校里有一位名人来演讲，我和夏丏尊居士两人，却出门躲避而到湖心亭上去吃茶了。当时夏丏尊曾对我说："像我们这种人，出家做和尚倒是很好的。"那时候我听到这句话，就觉得很有意思。这可以说是我后来出家的一个远因了。

到了民国五年（1916）的夏天，我看到日本杂志中有说及关于断食方法的，谓断食可以治疗各种疾病。当时我就起了一种好奇心，想来断食一下。因为我那时患有神经衰弱症，实行断食后，或者可以痊愈亦未可知。行断食时，须于寒冷的季候方宜。所以，我便预定十一月来作断食的时间。

至于断食的地点呢？总须先想一想，考虑一下，似觉总要有个很幽静的地方才好。当时我就和西泠印社的叶品三君来商量，结果他说在西湖附近的地方，有一所虎跑寺，可作为断食的地点。那么，我就问他，既要到虎跑寺去，总要有人来介绍才对。究竟要请谁呢？他说有一位丁辅之，是虎跑寺的大护法，可以请他去说一说。于是他便写信请丁辅之代为介绍了。

因为从前那个时候的虎跑，不是像现在这样热闹的，而是游客很少，且是个十分冷静的地方啊！若用来作为我断食的地点，可以说是最相宜的了。

到了十一月，我还不曾亲自到过。于是我便托人到虎跑寺那边去走一趟，看看在哪一间房里住好。看的人回来说，在方丈楼下的地方，倒很幽静的。因为那边的房子很多，且平常时候都是关着而已，客人是不能走进去的；而在方丈楼上，则只有一位出家人住着而已，此外并没有什么人居住。等到十一月底，我到了虎跑寺，就住在方丈楼下的那间屋子里了。

我住进去以后，常看见一位出家人在我的窗前经过，即是住在楼上的那一位，我看到他却十分欢喜呢！因此就时常和他谈话，同时他也拿佛经来给我看。

我以前虽然从五岁时，即时常和出家人见面，时常看见出家人到我的家里念经及拜忏。于十二三岁时，也曾学了放焰口，可是并没有和有道的出家人住在一起，同时也不知道寺院中的内容是怎样的，以及出家人的生活又是如何。这回到虎跑寺去住，看到他们那种生活，却很欢喜而且羡慕起来了。

我虽然在那里只住了半个多月，但心里却十分愉快，而且对于他们所吃的菜蔬，更是欢喜吃。及回到了学校以后，我就请用人依照他们那样的菜煮来吃。

这一次，我到虎跑寺去断食，可以说是我出家的近因了。

及到民国六年（1917）的下半年，我就发心吃素了。

在冬天的时候，我即请了许多的经，如《普贤行愿品》《楞严经》《大乘起信论》等很多的佛经，而于自己的房里，也供起佛像来，如地藏菩萨、观世音菩萨等的像，于是亦天天烧香了。

到了这一年放年假的时候，我并没有回家去，而是到虎跑寺里面去过年。我仍住在方丈楼下。那个时候，则更感觉有兴味了，于是就发心出家，同时就想拜那位住在方丈楼上的出家人做师父。他的名字是弘详师，可是他不肯我去拜他，而介绍我拜他的师父。他的师父是在松木场护国寺里居住的。于是他就请他的师父回到虎跑寺来，而我也就于民国七年（1918）正月十五日受三皈依了。

我打算于此年的暑假入山，预先在寺里住了一年后，再实行出家的。在这个时候，我就做了一件海青，及学习两堂功课。

二月初五日那天，是我母亲的忌日，于是我就提前两天到虎跑去，在那边诵了三天的《地藏经》，为我的母亲回向。

到了五月底，我就提前考试。而于考试之后，即到虎跑寺入山了。

到寺中一日以后，即穿出家人的衣裳，而预备转年再剃度。及至七月初，夏丏尊居士来。他看到我穿出家人的衣裳但还未出家，他就对我说："既住在寺里面，并且穿了出家人的衣裳，而不即出家，那是没有什么意思的。所以还是赶紧剃度好。"

我本来是想转年再出家的，但是承他的劝，于是就赶紧出家了。七月十三日那一天，相传是大势至菩萨的圣诞，所以就在那天落发。

落发以后，仍须受戒的，于是由林同庄君介绍，到灵隐寺去受戒了。

灵隐寺是杭州规模最大的寺院，我一向对它是很欢喜的。我出家以后，曾到各处的大寺院看过，但是总没有像灵隐寺那么好！八月底，我就到灵隐寺去，寺中的方丈和尚却很客气，叫我住在客堂后面芸香阁的楼上。

当时是由慧明法师做大师父的。有一天我在客堂里遇到这位法师了，他看到我时就说："既是来受戒的，为什么不进戒堂呢？虽然你在家的时候是读书人，但是读书人就能这样随便吗？就是在家时是一个皇帝，我也是一样看待的！"那时方丈和尚仍是要我住在客堂楼上，而于戒堂里有了紧要的佛事时，方命我去参加一两回。

那时候，我虽然不能和慧明法师时常见面，但是他忠厚笃实的容色，却是令我佩服不已的。

受戒以后，我仍回到虎跑寺居住。到了十二月底，即搬到玉泉寺去住。此后即常常到别处去，没有久住在西湖了。

君子之交，其淡如水

致许幻园

（一九〇一年，上海）

云间谱兄大人经席：

奉上素纸三叠，望察收。是序明正作好不迟，付印须二月时也。命书之件，略迟报命。前见示佳著，盥诵再四，哀艳之思，溢于毫素，佩甚佩甚！暇当掇拾数什，奉和大雅；但珠玉在前，而瓦砾恐瞠乎其后耳。雨雪霏时，知己倘有余暇，请到敝寓一叙。临颖依依，曷胜眷眷。即请

大安！

如小弟成蹊顿状

（一九〇三年秋，上海）

幻园老哥同谱大人左右：

别来将半载矣，比维起居万福，餐卫佳胜为颂。弟于前日由汴返沪，侧闻足下有返里之意，未识是否？秋风菁鲈，故乡之感，乌能已已；料理归装，计甚得也。小楼兄在南京甚得意，应三江师范学堂日文教习之选，束金颇丰，今秋亦

应南闱乡试，闻二场甚佳，当可高攀巍科也。××兄已不在方言馆，终日花丛征逐，致迷不返，将来结局，正自可虑。专此，祗颂

　　行安！不尽欲言。

姻小弟广平顿

初二日

（一九一三年七月十六日，杭州）

幻园兄：

　　今日又呕血，诵范肯堂《落照》（绝命诗）云："落照原能媲旭辉，车声人迹尽稀微。可怜步步为深黑，始信苍茫有不归！"通人亦作乞怜语可哂也。家国困穷，百无聊赖，速了此残喘，亦大佳事；但祝神讖去冬已为兄言，不吾欺也。社中近有何变动？乞示其详。适包君发行部来寓，弟气促声嘶，不暇细谈。代售杂志价洋已交来，当时弟未细算；顷始检查，似缺二元二角有零。晤时便乞一询。

谱弟李息顿

七月十六日

（一九一三年，杭州）

幻园谱兄：

　　承惠金至感。写件本当报命，奈弟近来大窘困，凡有写件，拟一律取润，乞转前途为幸。木印共十二颗，初六日刻好送下，至祷！

弟息顿首

（一九一八年十一月十四日，嘉兴）

幻园居士文席：

　　在禾晤谭为慰。马一浮大师于是间讲《起信论》，演音亦侍末席，暂不他适。顷为仁者作小联，久不学书，腕弱无力，不值方家一哂也。演音拟请仓石、梅盒各书一幅，以补草庵之壁，大小横直不限，能二幅配合相等尤善。仁者有暇，奉访二老人为述贫衲之意。文句另写奉，能依是书，尤所深愿。今后惠书，寄杭州城内珠宝巷醴务学校周佚生居士转致，不一。

释演音
十一月十四日

致杨白民

（一九一六年，杭州）

白居老哥：

日前出山，曾复函，计达览否？

顷又奉到十六号寄来手书，屡承关注，感谢无似。前寄来琴书预约券、《理学小传》等，皆收到。因入山故，未能答复，为罪。

朴庵先生，乞为致谢。此复，即叩

大安！

弟婴顿首

（一九一八年十二月廿六日，杭州）

白民居士：

顷由玉泉转来尊片，敬悉一一。

贵恙已大瘥否？为念！前后各经，皆已收到，谢谢！音

拟在城内庵中度岁，明正廿左右返玉泉。率复，即颂

痊安！

演音

十二月廿六日

明信片正面附言：

顷已移居城内万安桥下银洞桥四号接引庵内，以后通信，请寄是处。草草，演音

居此暂不他往。月初不再返井亭庵矣。

（一九一九年旧七月廿四日，杭州）

白民居士：

片悉。不慧于中旬返玉泉寺，暂不他适。南通事，前有友人代询详细情形，未有复音。鄙意拟俟前途再有肫诚敦请，再酌去就，现在无须提及也。知念附闻。乍凉，惟珍摄不具。

演音

七月廿四日

（一九二三年四月十八日，杭州）

白民居士：

昨奉尊片，敬悉一是，居此甚安，已于昨日始，方便掩关，养疴习静。凡来访问者，暂不接见。婺源之行，或俟诸他年耳。旧友如有询余近状者，希以此意答之。弘伞师住持招贤，整理规画，极为完善。西湖诸寺，当以是间首屈一指矣。率以奉达，不具一一。

演音

四月十八日

（一九二一年三月初十日，杭州）

白民居士：

顷奉手示，敬悉一一。前与程居士晤谈，音处有金三百，大约即可足用。屡承仁者鼎力筹画，其数已可足用（前梦非来函，渭渠与质平合赠百元）。此事全仗仁者爱念维持。他日道业成就，则皆仁者护法之力也，感谢无既。现在程、吴二居士，因事他往。俟二居士返航，即订期赴温州，期前再以函通告仁者。良晤不远，容晤申谢。

即颂

　　近佳。

演音敬复

三月初十日

（一九二四年七月十五日，温州庆福寺）

白民老居士丈室：

　　顷由衢州转到尊函，诵悉一一。苏民居士谢世，至可悲叹。朽人于初夏返温州，诸凡安适。孟由常常晤谈。率复，不尽一一。

昙昉疏答

七月十五日

致刘质平

（一九一七年一月十八日，杭州）

手书诵悉，清单等皆收到。愈学愈难，是君之进步，何反以是为忧！B氏曲君习之，似躐等，中止甚是。试验时宜应试，取与不取，听之可也。不佞与君交谊至厚，何至因此区区云对不起？但如君现在忧虑过度，自寻苦恼，或因是致疾，中途辍学，是真对不起鄙人矣。从前鄙人与君函内解劝君之言语，万万不可忘记，宜时时取出阅看。能时时阅看，依此实行，必可免除一切烦恼。

从前牛山充入学试验，落第四次，中山晋平落第二次，彼何尝因是灰心？

总之，君志气太高，好名太甚，"务实循序"四字，可为君之药石也。中学毕业免试科学，是指毕业于日本中学者；君能否依此例，须详询之。证明书容代为商量。五日后返沪，补汇四元廿钱。前君投稿于《教育周报》，得奖银十六元。此款拟汇至日本可否？望示知！此复，即颂近佳！

李婴上

一月十八日

（再者）鄙人拟于数年之内，入山为佛弟子（或在近一二年亦未可知，时机远近，非人力所能处也）。现已络续结束一切。君春秋尚盛，似不宜即入此道。但如现在之遇事忧虑，自寻苦恼，恐不久将神经混杂，得不治之疾，鄙人可以断言。鄙意以为，君此时宜详审坚决。如能痛改此习，耐心向学，最为中正之道。倘自己仍无把握，不能痛改此习，将来必至学而无成，反致恶果；不如即抛却世事入山为佛弟子，较为安定也。叻在至好，帮尽情言之。阅后付丙。

（一九一七年，杭州）（节选）

质平仁弟足下：

来书诵悉。《菜根谭》及M经，前已收到，曾致复片，计已查收。

官费事可由君访察他人补官费之经过情形，由君作函寄来。上款写经、夏二先生及不佞三人，函内详述他省补费之办法。此函寄至不佞处，由不佞与经、夏二先生商酌可也。君在东言行谨慎，甚佳。交友不可勉强，宁无友不可交寻常之友（或不尽然），虽无损于我，亦徒往来酬酢，作无谓之谈话，周旋消费力学之时间耳。门先生忠厚长者，可以为君之友人。此外不再交友，亦无妨碍。始亲终疏，反致怨尤，故不如于始不亲之为佳也。不佞前致君函有应注意者数条，宜常阅之。又格言数则，亦不可忘。不佞无他高见，惟望君按部就班用功，不求近效。进太锐者恐难持久。不可心太高，心高是灰心之根源也。心倘不定，可以习静坐法。入手虽难，然行之有恒，自可入门。音乐书前日已挂号寄奉。附一函乞转交门先生。此复，即颂

　　近佳！

李婴

（一九二四年四月三十日，杭州）

质平居士：

　　惠书，诵悉。前带各物，悉收到。桂圆、饼干，皆存贮甚多，数月内无须再购。丁居士所交来各物，乞暂存宁波，俟秋凉往温州时，携以转赠寺中也（笋干宜贮于洋铁箱内，不然则潮而失味。丁居士前函所言也）。佛经宜熟读，自能

渐渐了解。昔周佚生居士学经论时，即依此法也。

演音疏

四月三十日

（一九二九年旧十月廿五日，厦门）

质平居士慧鉴：

有数事奉陈如下：

△作歌之事，已详细思维。最难者为取材，将来或仅能作五十首。倘歌材可以多得者，或可至百八首，现在不能预定也。

△现已拟定十首（尚未撰就），但皆是高中、专科所用者，恐将来全集之中，多属于此类。其普通用及小学用者，或仅有一二首，或竟无有也。因选择此类歌材，甚为困难故。

△仁者意中如有歌材，乞写示，以备参考。

△将来此书编就后，能否适用，不可知，但余必欲完成此事（至少亦有五十首）。

△他人旧作歌句之佳者，及歌曲形式之多变化者（如数部轮唱等类），乞抄示，以备参考。

△《白马湖放生记》，稍迟再作。作就后，别写一纸赠与仁者。

△前存网篮内，有包好之书籍两包（包纸上标写寄至泉

州等字样），如尚未寄出者，乞暂存尊处，俟他日需用时，再通信，托仁者寄来。

以后通讯乞寄"厦门南普陀闽南佛学院转交弘一"。泉州寺中驻兵，故即居住厦门。

演音上

旧十月廿五日

（一九三二年三月，慈溪金仙寺）

质平居士：

前云做衣之布尚有余者，如仍存贮宁波尊寓，乞托工人做小衫二件（若无布料，不妨从缓，尺寸另纸写）。余于新历二十三日后，天晴时，即往伏龙寺。仁者如愿来游，乞于新历二十七日至四月十日之间，惠临甚宜。如有属书之件，乞随带来。四月十八日以后，余或即返金仙寺也。（旧端阳节前，仍往伏龙寺避暑。）

余于病后，神衰腰痛，乞仁者向大药房购兜安氏保肾丸一二瓶惠施，至感。其他补品，皆乞勿购。

（一九三二年七月，上虞法界寺）

质平居士：

　　前过谈，为慰。近来老体仍衰弱，稍劳动即甚感疲倦。再迟十数日，夏居士必返白马湖，当与彼商量，预备后事，并交付遗嘱，可作此生一结束矣。

　　此次为新华同学诸君书写字幅，本为往生西方临别之纪念。深愧精力不足，未能满足诸君之愿，但亦可稍留纪念。字之工拙，大小多少，可以不计也。余因未能满足诸君之愿，甚为抱歉。此意乞向新华诸君言之，请多多原谅为祷。

　　书法佳者，不必纸大而字多。故小幅之字，或较大幅为佳。因年老多病，精力不足，写大幅时，常敷衍了事也。但以前交来之大直幅，决定书写，但留纪念，不计工拙也。

　　承惠寄药品，收到，谢谢！

演音疏

　　下次仁者来时，乞购商务印书馆精制大楷纯羊毫（湖南笔）二支带下，注意笔名勿错。

（一九三六年五月，鼓浪屿日光岩）

质平居士道席：

　　前复明信，想已收到。歌集出版，乞惠施十册（寄南普陀广洽法师转）。歌集中乞仁者作序或跋一篇，详述此事发起及经过之情形。余近居鼓浪屿闭关，其地为外国租界，至为安稳。但通信，仍寄前写之处转交也。属写小联纸，尚未收到。俟秋凉时，用心书写，并拟写多叶结缘物也。以后与仁者通信，寄至宁波四中，妥否？乞示知。附奉上拙书一叶，为今年旧元旦晨朝起床，坐床边所写。其时大病稍有起色，正九死一生之时。其时共写四叶，今以一叶赠与仁者，可为记念也。

此次大病，为生平所未经历，亦所罕闻。自去年旧十一月底，发大热兼外症，一时并作。十二月中旬，热渐止，外症不愈。延至正月初十，乃扶杖勉强下床步行（以前不能下床）。中旬，到厦门就医，医者为留日医学博士黄丙丁君（泉州人，人甚诚实）。彼久闻余名，颇思晤谈。今请彼医，至为欢悦，十分尽心。至旧四月底（旧历有闰三月）共百余日，外症乃渐痊愈。据通例，须医药电疗注射（每日往电疗一次）等费五六百金，彼分文不收，深可感也。谨陈，不宣。

演音疏

（一九四一年，泉州）

质平、希一居士同鉴：

　　友人林葆宜居士，欲请人函授图画、音乐二科。乞为斟酌妥当办法，介绍一切为感。林居士笃信佛法，品行端正，为当代希有之青年。乞善为护念，至祷。谨陈，不宣。质平所寄墨已收到矣。

演音启

致夏丏尊

（一九一八年中秋前二日，杭州）

丏尊居士：

　　顷有暇，写小联额贻仁者。前属楼子启鸿刻印，希为询问。如已就，望即送来。衲暂不他适。暇时幸过谈。不具。

释演音

中秋前二日

（一九一九年三月十一日，杭州）

丏尊居士：

　　前日叶子来谈，借悉起居胜常为慰。南京版《四书小参》《中庸直指》，仁者如已请来，希假一诵。（否则乞询佚生或有之，俟他日有人来带下，不急需也。）《归元镜》（昭庆版）颇有可观（曩以其为戏曲，甚轻视之。今偶检阅，词旨警切，感人甚深），愿仁者请阅，并传示同人。近作一偈，附写奉览。不具。

释演音

三月十一日

（一九二○年六月廿五日，新城）

丐尊居士文席：

曩承远送，深感厚谊。来新居楼居士家数日，将于二日后入山。七月十三日掩关，以是日为音剃染二周年也。吴建东居士前属撰扬溪尾惠济桥记，音以掩关期近，未暇构思，愿贤首代我为之。某氏所撰草稿附奉，以备参考。撰就希交吴居士收，相见天日，幸各努力，勿放逸。不一。

演音

六月廿五日

（一九二一年八月廿七日，温州）

丐尊居士：

江干之别，有如昨日。吴子书来，知仁归卧湖上，脱屣尘劳，甚善甚善。余以是岁春残，始来永宁（寓温州南门外城下寮），掩室谢客，一心念佛，将以二载，圆成其愿。仁者迩来精进何似？衰老浸至，幸宜早自努力。义海渊微，未易穷讨，念佛一法，最契时机。印老文钞，宜熟览玩味，自知其下手处也。（可先阅其书札一类。）仁或来瓯，希于半月前先以书达，当可晋接。秋凉，惟珍重不具。（便中代求松烟墨二锭寄下。）

演音

八月廿七夕

（一九二九年旧三月晦日，温州）

丐尊居士：

到温后，即奉上明信，想已收到。铜模字已试写二页，奉上。乞与开明主人酌核。余近来精神衰颓，目力昏花。若写此体，或稍有把握，前后可以大致一律。若改写他体，恐难一律，故先以此样子奉呈。倘可用者，余即续写。否则拟即作罢（他体不能书写）。所存之格纸，拟写"小经"一卷，以奉开明主人，为纪念可耳。此次旅途甚受辛苦。至今喉痛及稍发热、咳嗽、头昏等症，相继而作。近来余深感娑婆之苦，欲早命终往生西方耳。谨陈，并候回书。

演音

旧三月晦日

（一九二九年旧四月十二日，温州）

丏尊居士：

前奉上二片，想已收到。铜模已试写三十页。费尽心力，务求其大小匀称。但其结果，仍未能满意。现由余详细思维，此事只可中止。其原因如下：

（一）此事向无有创办者，其中必有困难之处。今余试之，果然困难。因字之大小与笔画之粗细及结体之或长或方或扁，皆难一律。今余书写之字，依整张之纸看之，似甚齐整。但若拆开，以异部之字数纸（如口卩亻亡儿等），拼集作为一行观之，则弱点毕露，甚为难看。余曾屡次试验，极为扫兴，故拟中止。

（二）去年应允此事之时，未经详细考虑，今既书写之时，乃知其中有种种之字，为出家人书写甚不合宜者。如刀部中残酷凶恶之字甚多，又女部中更不堪言，尸部中更有极秽之字，余殊不愿执笔书写。此为第二之原因（此原因甚为重要）。

（三）余近来眼有病。戴眼镜久，则眼痛。将来或患增剧，即不得不停止写字。则此事亦终不能完毕。与其将来功亏一篑，不如现在即停止。此为第三之原因。

余素重然诺，决不愿食言。今此事实有不得已之种种苦衷。务乞仁者向开明主人之前，向为求其宽恕谅解，至为感祷。所余之纸，拟书写短篇之佛经三种（如《心经》之类是），以塞其责，聊赎余罪。前寄来之碑帖等，佘已赠与泉州某师。又《新字典》及铅字样本并未书写之红方格纸，亦乞悉赠与余。至为感谢。余近来精神衰颓，远不如去秋晤谈时之形状。质平前属撰之《歌集》，亦屡构思，竟不能成一章。止可食言而中止耳。余年老矣，屡为食言之事。日夜自思，殊为抱愧，然亦无可如何耳。务乞多多原谅。至感至感。已写之三十张奉上，乞收入。

演音上

旧四月十二日

（一九二九年阳历五月六日，温州）

丐尊居士：

惠书，诵悉。承询所需，至用感谢。此次由闽至温，旅费甚省。故尚有余资。宿疾本因路途辛劳所致，今已愈十之九。铜模字即可书写。拟先写千余字寄上。俟动工镌刻后，再继续书写其余者。今细检商务铅字样本，至为繁杂。有应用之字而不列入者。有《康熙字典》所未载之僻字及俗体字，而反列入者。若依此书写，殊不适用。令拟改依《中华新字典》所载者书写，而略增加。总以适用于排印佛书及古书等为主。倘有欠缺，他时尚可随时补写也。墓志、造像不列目录，甚善。

《佛教大辞典》是否仍存尊处？因嘉兴前来书谓未曾收到。如未送去，仍以存尊处为宜。阳历四月十九日寄挂号信与上海美专刘质平居士，至今半月余，无有复音，乞为探询，质平是否仍在美专，或在他处？便中示知为感。

演音

阳历五月六日

（一九二九年旧八月廿九日，上虞白马湖晚晴山房）

丏尊居士：

惠书，诵悉。至白马湖后，诸事安适。至用欣慰。厕所及厨灶已动工构造。厨房用具等，拟于明后日，请惟净法师偕工人至百官购买。彼有多年理事之经验，诸事内行，必能措置妥善也。山房可以自炊，不用侍者。今日拟向章君处领洋十五元，购厨房用具及食用油盐米豆等物。其将来按月领款办法，俟与仁者晤面时详酌。立会经理此款资，甚善。拟即请发起人为董事。其名目乞仁者等酌定。以后每月领取之食用费，作为此会布施之义而领受之。（每月数目不能一定。因有时住二人，或有时仅一人，或三人。此事晤面时详酌。）以后自炊之时，尊园菜蔬，由尊处斟酌随时布施。（此事乞于便中写家书时提及，由便人送来，不须每日送。）一切菜蔬皆可食，无须选择也。

草草复此，余俟面谈。联辉居士竭诚招待一切，至可感谢。不宣。

演音上

旧八月廿九日

外五纸乞交子恺居士。

（一九二九年九月九日，上虞白马湖）

丐尊居士：

惠书，忻悉一一。摄影甚美，可喜。山房建筑，于美观上甚能注意，闻多出于石禅之计划也。石禅新居，由山房望之，不啻一幅画图。（后方之松树配置甚妙。）彼云：曾费心力，惨淡经营。良有以也。现在余虽未能久住山房，但因寺院充公之说，时有所闻。未雨绸缪，早建此新居，贮蓄道粮，他年寺制或有重大之变化，亦可毫无忧虑，仍能安居度日。故余对于山房建筑落成，深为庆慰。甚感仁等护法之厚意也。（秋后往闽闭关之事，是为宿愿，未能中止。他年仍可来居山房，终以此处为久居之地也。）以上之意，如仁者与发起诸居士及施资诸居士晤面之时，乞为代达。因恐他人以新居初成，即往他方或致疑讶者。故乞仁者善为之解释，俾令大众同生欢喜之心也。数日以来，承尊宅馈赠食品，助理杂务，一切顺适，至用感谢！顺达，不具。

演音答

重阳朝

（一九三二年八月十九日，上虞法界寺）

丐尊居士：

昔承过谈，至为感慰！朽人于八月十一日患伤寒，发热甚剧，殆不省人事。入夜，兼痢疾。延至十四日乃稍愈。至昨日（十八日）已获全愈，饮食如常，惟力疲耳。此次患病颇重。倘疗养不能如法，可以缠绵数月。幸朽人稍知医理，自己觅旧存之药服之，并断食一日，减食数日，遂能早痊。（此病照例须半月或两旬。）实出意料之外耳。未曾延医市药，故费用无多，仅半元余耳。（买绿豆、冬瓜、萝卜等。）前存之痧药等，大半用罄，惟余药水半瓶。乞仁者便中托人代购下记之药以惠施，他日觅便带下。因山居若遇急病，难觅医药。（即非急病，亦甚困难。）故不得不稍有储蓄耳。（药名另写一纸。）如此之重病，朽人已多年未患。今以五十之年而患此病，又深感病中起立做事之困难（无有看病之人），故于此娑婆世界，已不再生贪恋之想。惟冀早生西方耳。阳历九月十日以后，仁者或可返里。其时天气已渐凉（已过白露节）。乞惠临法界寺，与住持预商临终助念及身后之事，至为感企！此次病剧之时，深悔未曾预备遗嘱（助念等事）。故犹未能一意求生西方，惟希病愈，良用自惭耳。今病已愈，乞仁者万勿挂念。丰居士并此致候。不具。

演音

八月十九日晨

致李圣章

（一九二二年四月初六日，温州）

圣章居士慧览：

二十年来，音问疏绝。昨获长简，环诵数四，欢慰何如！

任杭教职六年，兼任南京高师顾问者二年，及门数千，遍及江浙。英才蔚出，足以承绍家业者，指不胜屈，私心大慰。弘扬文艺之事，至此已可作一结束。

戊午二月，发愿入山剃染，修习佛法，普利含识。以四阅月力料理公私诸事：凡油画、美术、图籍，寄赠北京美术学校（尔欲阅者可往探询之），音乐书赠刘质平，一切杂书零物赠丰子恺（二子皆在上海专科师范，是校为吾门人辈创立）。布置既毕，乃于五月下旬入大慈山（学校夏季考试，提前为之），七月十三日剃发出家，九月在灵隐受戒，始终安顺，未值障缘，诚佛菩萨之慈力加被也。出家既竟，学行未充，不能利物，因发愿掩关办道，暂谢俗缘。（由戊午十二月至庚申六月，住玉泉清涟寺时较多。）

庚申七月，至新城贝山（距富阳六十里），居月余，值障缘，乃决意他适。于是流浪于衢、严二州者半载。辛酉正月，返杭居清涟。三月如温州，忽忽年余，诸事安适，倘无意外之阻障，不它往。当来道业有成，或来北地与家人相聚也。

音拙于辩才，说法之事，非其所长，行将以著述之业终其身耳。比年以来，此土佛法昌盛，有一日千里之势。各省相较，当以浙江为第一。附写初学阅览之佛书数种，可向卧佛寺佛经流通处请来，以备阅览。拉杂写复，不尽欲言。

释演音疏答

四月初六日

尔父处亦有复函，归家时可索阅之。

（一九二四年四月十七日，衢州）

圣章居士慧览：

居衢已来，忽忽半载。温州诸人士屡来函，敦促朽人返彼继续掩室，情谊殷挚，未可固辞。不久即拟启程，行旅之费，已向莲花寺住持借用三十元。尊处如便，希为代偿，由邮局汇兑此数，以汇券装入函内，双挂号寄交衢州莲花村莲花寺德渊大和尚手收为祷。温州通讯之处为大南门外庆福寺，是旧游之地也。此次赴温，由衢经松阳、青田，较绕道杭沪稍近，约七日可达。率达，不具。

昙昉疏

四月十七日

（一九二四年旧六月廿一日，温州）

圣章居士丈室：

昨承来旨，委悉一一。荷施资致返莲华，感谢无尽。四月初，衢州建普利道场，朽人入城随喜。以居室不洁，感受潮秽之气，因发寒热（非是疟疾），缠绵未已，延至五月初七、八日乃愈。又其时并患咳嗽痰滞，迄今已将三月，虽颇轻减，仍未止息，想已转成慢性痼疾。然决无大碍，希为释怀。朽人于四月十九日自衢州起行，廿五日达温。比拟继续掩室，一以从事修养，一以假此谢客养疴。朽人近年已来，神经衰弱至剧，肺胃心脏，并有微恙，故须节其劳瘁，息心静养也。居此费用，周居士仍继续布施（前居温二年亦受其施），情不可却。前承仁者允施者，今可不须，俟他日有别种须用时，再以奉闻。谨致谢意，不尽欲言。

昙昉疏答

六月廿一日

掩室已后，仁者及其他至友数处，仍可通信；惟希仁者勿向他人道及。以此次返温，知之者希，欲免其酬应之劳也。

（一九二五年十月廿三日，温州）

圣章居士丈室：

五月往普陀，参礼印光法师，六月返温。八月将如钱塘，抵海门，乃知变乱复作，因留滞上虞、绍兴者月余。本月初旬归卧永宁，仍止庆福（城下寮）。居上虞、绍兴时，与同学旧侣晤谈者甚众，为写佛号六百余叶，普结善缘，亦希有之胜行也。老友丏尊曾撰序《子恺漫画集》文，刊入《文学周报》，略记朽人近状，附邮以奉慧览。又佛号数叶，亦并邮呈，此未委具。

昙昉疏

十月廿三日

（一九二六年十一月初五日，杭州）

圣章居士：

夏间寄至温州之函，因辗转邮递，已过时日，故未奉复。自巴黎发来之函，前日披诵，欣悉一一。朽人于今年三月至杭州，六月往江西牯岭，本月初旬乃返杭州。现居虎跑过冬，明年往何处尚未定。仁者于明年到上海时，乞向江湾立达学园丰子恺君处询问朽人之居址至妥。倘朽人其时谢客，亦可在他处约谈。当于明春阳历三月写一信预存丰君处。仁者至彼处，即可索阅也。倘丰君不在校，乞问他职员亦可。以后通信，乞寄杭州延定巷五号马一浮居士转交至妥。天寒手僵，草草书此。

演音

（一九二七年旧三月廿八日，杭州）

圣章居士：

前获来书，具悉一一。朽人现住杭州清波门内四宜亭常寂光寺。如乘火车抵杭州，天尚未黄昏者，乞唤人力车至清波门内四宜亭（车价至多小洋三角）；如抵杭州已黄昏者，乞在旅馆一宿，明日唤车来此。将来到杭州时，以住常寂光寺为宜：一者费用少，二者清洁寂静，可以安眠也。余面谈。

弘一

旧三月廿八日

致堵申甫

（一九二四年五月廿日，杭州）

申甫居士慧鉴：

前奉一片，计达记室。朽人拟于秋间返温州，惟舟车之资犹未筹措，未审仁者能有资助否？惠函乞寄杭州城内延定巷六号马一浮居士转交朽人，至妥。此颂檀福！

胜髻疏
五月廿日

（一九二四年十一月廿日，温州）

申甫居士：

惠书，欣悉一一。马居士久无消息。令书佛号二叶，小横幅十八叶，并佛书二册，别挂号邮奉，乞受收。天寒手僵，草草不工，聊为纪念可耳。不久将云游远方，乞暂勿惠复。明岁或至杭州，再当晤谈。承询所需，至用感谢。现在旅资已具，可以无虑。谨答，不悉宣。

演音疏

十一月廿日

数年前将出家时，曾以《阴骘文图》二册（其书名已忘记，系费小楼画，刻板甚精），奉赠仁者。倘此书现在仍存尊处，乞暂假一册，寄上海狄思威路永兴里底第一号李圆净居士收，能挂号尤妥。因上海诸居士愿石印此书，广为流布也。附白。

（一九二六年旧二月五日，杭州）

申甫居士丈室：

昨承枉谈，至用欣慰！装订《华严经》事，今详细思维，如不重切者，则装订之时亦甚困难。因此经共二十七册，原来刀切偏斜者，以前数册为甚，以后渐渐端正。至后数册，大致不差。故装订时，裁剪书面（即书皮子）及衬纸（每册前后之白纸），须逐册比量，甚为费事。又此书原来刀切偏斜之处，朽人曾详细审视，非是直线，乃是曲线。下方向上而曲，上方亦向上而曲。此等之处，如装订时，欲使书面及前后之衬纸一一与原书之形吻合，非用剪刀剪之不可。若以刀裁，即成直线，与原书之形未能合也。以是之故，此书若不重切，则装订之时，极为困难，且不易得美满之结果。今思有二种办法。其一，为冒险重切。其二，则不重切。即将原书旧有之书皮翻转，裱贴黄纸一层，俟干时，用剪刀依旧书皮之大小剪之（其曲线处仍其旧式），即以此装订。（但册数之先后次序，不可紊乱。例如第一册之书皮，仍订入第一册等。因此书全部前后样式稍参差也。）至于前后衬入之白纸，则只可省去。因此白纸，若一一剪成曲线之形，极为不易，必致参差不齐也（若依第一种办法，冒险重切者，则仍每册前后衬白纸四页）。若冒险重切者，订书处如不能切，或向昭庆经房，请彼处切之如何（原书即系昭庆经房自切者）。诸乞仁者酌之。再者，昨云签条黑边外留白纸约二分者，指另印夹宣纸之签条而言。若橘黄色之签，因外衬白纸，固不须太阔也。叨在旧友，又以装订经典为胜上之功德，故琐缕陈诸仁者，不厌繁细。诸希鉴谅至幸。新昌牓字，宜以佛经句为宜，乞商之。此未宣具。

胜臂疏

二月五日

（一九二七年正月望日，杭州）

申甫居士丈室：

久别深念。朽人现居常寂光寺，方便掩室，不出外，不见客。唯须请一人为之护法。每月来此一二次，代为购办诸物，料理琐事。尊寓距此匪遥，来往殊便，拟请仁者负任此事，未审可否？至于朽人平日所用之钱物，已有他人资助，可以足用，希仁者勿念。上记之事，乞斟酌先示复，寄常寂光寺。稍迟数日，再致函定期延请惠临，此未委具。

月臂疏

正月望日

（一九三二年旧五月，温州）

申甫居士慧鉴：

尊邑救国会，前寄捐册一本，已存在伏龙寺书架中。今彼会来函谓急欲结束。此捐册一时不能取回。乞仁者担保，即作为遗失。俟将来往伏龙寺时，即将此空捐册焚化可也。又于彼会，拟认捐大洋一元，聊表微意。此款亦乞仁者代出惠施，即交彼会为感！谨恳，不宣。

弘一启

致蔡丏因

（一九二六年五月十九日，杭州）

丏因居士丈室：

　　书悉。近与伞法师发愿重厘会修补校点《华严疏钞》。（今之《会本》，为明嘉靖时妙明法师所会。彼时清凉排定之科文久佚，妙师臆为分配，故有未当处。妙明《会本》，后有人删节，甚至上下文义不相衔接。《龙藏》仍其误。今流通本又仍《龙藏》之误。已上据徐居士考订之说。）伞法师愿任外护并排版流布之事。（伞法师谓排版为定，可留纸版，传之永久。）朽人一身任厘会修补校点诸务。期以二十年卒业。先科文十卷，次悬谈，次疏钞正文。朽人老矣，当来恐须乞仁者赓续其业，乃可完成也。此事须于秋暮自庐山返后，再与伞师详酌。若决定编印，尚须约仁者来杭面谈一切。前存尊斋疏钞等，乞暂勿送返，是间有《续藏》可阅。伞师又将觅木版流通本以为编写之稿本。（改正科会及增补原文之处，皆剪贴，即以此本排印，不须另写。）近常与湛翁晤谈。彼诗兴甚佳。他日来杭，可往访也。

论月疏

五月十九日

（一九二八年除夕，温州）

丐因居士：

惠书并《疏钞》一册，前日收到。晤谈宜俟五十来绍之时，今未能破例也。一浮居士当代陈说。仁者往访时，于名刺上自写弘一介绍数字可耳。《疏钞》近二十册。（内有数册，俟后续寄。）又他种佛书二十余册，于正月初十日前送存友人处，以待仁者托人来领。（其寄存之处俟后奉达，今犹未决定也。）

月臂疏

除夕

（一九二九年九月七日，温州）

丐因居士慧鉴：

惠书，具悉。寄存之书，共十三包。其中大部之书，有晋、唐译《华严经贤首探玄记》（此书极精要）、大本《起信论疏解汇集》等。（有木夹板二副，晋译《华严》用。）

是等诸书，朽人他日倘有用时，当斟酌取返数种。若命终者，即以此书尽赠与仁者，以志遗念。此外有奉赠结缘之书及零纸等五包（每包上有纸签写"赠送"二字）。乞随意自受，并以转施他人，共装入两大网篮（约重七八十斤）。拟托春晖中学杨君（数年前在绍兴同游若耶溪者）暂为收贮。将来觅便，赍奉仁者。未审可否？乞裁酌之。若可行者，希即致函杨君来此领取。朽人十日后即往闽中。衰老日甚，相见无期。惟望仁者自今以后，渐脱尘劳，专心向道。解行双融，深入玄门。别奉上尊书简札数纸，以赠铭绍诸子。（附包入零纸中。）此未宣悉。

演音疏

九月七日

（一九三一年十月十二日，慈溪五磊寺）

丐因居士：

　　近有韩老居士属书石佛寺联，拟请仁者代笔。（一下款写亡言，一下款写论月。）兹将原信并纸奉上。写就乞即交韩老居士为感。五磊寺主等发起南山律学院。余已允任课三年。（每年七个月，旧历二月十五日至九月十五日，余时他往。）明春始业。经费等皆已就绪。自今以后预备功课，甚为忙碌。半月之后（新历二十五左右动身），即往温州过冬。住址未定，俟后奉闻。李居士处，亦乞代告此意。谨达，不宣。

音启

十月十二日

（一九三七年六月五日，青岛）

丐因居士道鉴：

惠书诵悉。承施碑笺、羊毫，已收到。敬谢！

丛刊续辑，拟俟秋凉返厦门时编定，因是间无书籍可检寻也。

拙书联幅等，约于旬日后递奉。其中有上款者数种，其余乞仁者与沈知方居士分受，转赠善友可耳。旬日后邮奉联幅等时，附讲稿二种（《青年佛徒应注意的四项》及《南闽十年之梦影》），皆在养正院所讲者（去年正月及今年二月）。

养正院创办于三年前，朽人所发起者（教育青年僧众）。今夏或将与他院合并。养正之名，难可复存。此二讲稿可为养正院纪念之作品，为朽人居闽南十年纪念之作也。唯笔记未甚完美，拟请仁者暇时为之润色。（多多删改无妨，因所记录者亦不尽与演词同也。）并改正其讹字、文法及标点。题目亦乞再为斟酌（"青年佛徒"等）。更乞仁者为立一总名。即以此二篇讲稿合为一部书。虽非深文奥义，为大雅所不取，或亦可令青年学子浏览，不无微益也。此讲稿拟别刊行。世界书局或欲受刊者，广洽法师处存有数十元，愿以附印也。又拟请仁者撰序及题签，以为居南闽十年之纪念耳。谨陈，不宣。

演音疏

六月五日

致丰子恺

（一九二八年八月廿二日，温州）

子恺居士慧览：

今日午前挂号寄上一函及画稿一包，想已收到？顷又做成白话诗数首，写录于左（下）：

（一）《倘使羊识字》

倘使羊识字，泪珠落如雨。

口虽不能言，心中暗叫苦！

因前配之古诗，不贴切。故今改做。

（二）《残废的美》

好花经摧折，曾无几日香。

憔悴剩残姿，明朝弃道旁。

（三）《喜庆的代价》

喜气溢门楣，如何惨杀戮。

唯欲家人欢，那管畜生哭！

原配一诗，专指庆寿而言，此则指喜事而言。故拟与原诗并存。共二首。或者仅用此一首，而将旧选者删去。因旧选者其意虽佳，而诗笔殊拙笨也。

（四）《悬梁》

日暖春风和，策杖游郊园。

双鸭泛清波，群鱼戏碧川。

为念世途险，欢乐何足言。

明朝落网罟，系颈陈市廛。

思彼刀砧苦，不觉悲泪潸。

案此原画，意味太简单，拟乞重画一幅。题名曰《今日与明朝》。将诗中"双鸭泛清波，群鱼戏碧川"之景，补入。与"系颈陈市廛"相对照，共为一幅。则今日欢乐与明朝悲惨相对照，似较有意味。此虽是陈腐之老套头，今亦不妨采用也。俟画就时，乞与其他之画稿同时寄下。

再者：画稿中《母之羽》一幅，虽有意味，但画法似未能完全表明其意，终觉美中不足。倘仁者能再画一幅，较此为优者，则更善矣。如未能者，仍用此幅亦可。

前所编之画集次序，犹多未安之处。俟将来暇时，仍拟略为更动，俾臻完善。

演音上

八月廿二日

此函写就将发，又得李居士书。彼谓画集出版后，拟赠送日本各处。朽意以为若赠送日本各处者，则此画集更须大加整顿。非再需半年以上之力，不能编纂完美。否则恐贻笑邻邦，殊未可也。但李居士急欲出版，有迫不及待之势。朽意以为如仅赠送国内之人阅览，则现在所编辑者，可以用得。若欲赠送日本各处，非再画十数叶，重新编辑不可。此事乞与李居士酌之。

再者，前画之《修罗》一幅（即已经删去者），现在朽人思维，此画甚佳，不忍割爱，拟仍旧选入。与前画之《肉》一幅，接连编入。其标题，则谓为《修罗一》《修罗二》。（即以《肉》为《修罗一》，以原题《修罗》者为《修罗二》。）再将《失足》一幅删去。全集仍旧共计二十四幅。

附呈两纸，乞仁者阅览后，于便中面交李居士。稍迟亦无妨也。

廿三晨

（一九二八年九月十二日，温州）（节选）

子恺居士：

昨晚获诵惠书，欣悉一一。兹复如下：

△续画之画稿，拟乞至明年旧历三月底为止。（因温州春寒殊甚，未能执笔书写。须俟四月天暖之后，乃能动笔。）由此时至明春三月，乞仁者随意作画，多少不拘。朽人深知此事不能限期求速就（写字、作文等亦然）。若兴到落笔，乃有佳作。所谓"妙手偶得之"也。至三月底即截止，由朽人用心书写。大约五月间，可以竣事。仁者新作之画，乞随时络续寄下。（又以前已选入之画稿及未选入者，并乞附入，便中寄下。）即由朽人选择。其选入者，并即补题诗句。

△白居易诗，"香饵"云云二句，系以鱼喻彼自己，或讽世人，非是护生之意。其义寄托遥深，非浅学所能解。乞勿用此诗作画。

△研究《起信论》，译佛教与科学之事，暂停无妨。礼

拜念佛功课未尝间断，戒酒已一年，至堪欢喜赞叹。近来仁者诸事顺遂，实为仁者专诚礼拜念佛所致。念佛一声，能消无量罪，能获无量福。惟在于用心之诚恳恭敬与否，不专在于形式上之多少也。

△网篮迟至年假时带去，无妨。

△珂罗版《华严经》，乞赠李圆净居士一册。

△以后作画，无须忙迫。至画幅之多少，亦不必预计。如是乃有佳作。

△倘他日集中画幅再增多之时，则已删去之画，如《倒悬》《众生》（又名《上法场》）等，或仍可配合选入，俟他日再详酌。

△许居士如愿出家，当为设法。

△明年大约仍可居住庆福寺。因公园以筹款不足，停止进行，故尚安静可住。承诸友人赠送之资，至为感谢。此次寄来之廿元，拟留充明年自己之零用。至于明年，尚需贴补寺中全年食费约六十元。又于地藏殿装玻璃门，及《续藏经》书柜之木架等费，朽人拟赠与寺中三十元。共计九十元。倘他日有友人送款资至仁者之处，乞为存积。俟今年阴历年底，朽人再斟酌情形。倘需用此款者，当致函奉闻，请仁者于明年春间便中汇下。此

事须今年年底酌定，故所有款资，拟先存仁者之处，乞勿汇下。

△明年朽人能于秋间至上海否？难以预定。或不能来，亦未可知。因近来拟息心用功，专修净业。恐出外云游，心中浮动，有碍用功也。统俟明年再为酌定。

△明年与后年，两年之中，拟暂维持现状。至于夏居士所云建造房舍之事，俟辛未年，再行斟酌。

草草奉复。不具。

演音上

九月十二日

再者，以后惠函，信面之上，乞勿写"和尚"二字。因俗例，须本寺住持，乃称和尚。朽人今居客位，以称大师或法师为宜。

再者，愚夫愚妇及旧派之士农工商，所欢喜阅览者，为此派之画。但此派之画，须另请人画之。仁者及朽人，皆于此道外行。今所编之《护生画集》，专为新派有高等小学以上毕业程度之人阅览为主。彼愚夫等，虽阅之，亦仅能得极少份之利益，断不能赞美也。故关于愚夫等之顾虑，可以撇开。若必欲令愚夫等大得利益，只可再另编画集一部，专为此种人阅览，乃合宜也。

今此画集编辑之宗旨，前已与李居士陈说。第一，专为新派智识阶级之人（即高小毕业以上之程度）阅览。至他种人，只能随分获其少益。第二，专为不信佛法，不喜阅佛书之人阅览。故此画集，不得不编印行世。能使阅者爱慕其画法崭新，研玩不释手，自然能于戒杀放生之事，种植善根也。鄙意如此，未审当否？乞仁等酌之。又白。

（一九二九年旧八月廿九日，上虞）（节选）

子恺居士：

前日已至白马湖。承张居士代表招待一切，至用感慰。兹有四事，奉托如下：

（一）乞画澄照律祖像一幅。别奉样式一纸，乞检阅。此像在《续藏经》中，今依彼原稿，略为缩小。如别纸中朱笔所画轮廓为限。如以原稿太繁密者，乞仁者依己意稍为简略，但仍以工笔细线画之为宜。画纸乞用拷碑纸，因将刻木板也。此画像，能于旧历九月中旬随夏居士返家之便带下，为感。

（二）前存尊处之马一浮居士图章一包，乞于便中托人带至杭州，交还马居士。但此事迟早不妨。虽迟至数月之后亦可。马居士寓杭州联桥及弼教坊之间，延定巷旧第五号（或第四、第六号）门牌内。

演音疏

旧八月廿九日

致李圆净

（一九二八年六月十九日，温州）

圆净居士慧览：

书悉。题名为《护生画集》，甚善！但其下宜增三小字，即"附文字"三字。其式如下：

护生画集　附文字

如是，则凡对照文字及尊著《护生痛言》，皆可包括在内。未识尊见如何？

此封面，请子恺画好，由朽人题此书名。至若题辞，乞湛翁为之，诗文皆可。但付印须在年内，湛翁能题就否？不可得而知也。

去年晤湛翁，彼甚赞叹仁者青年好学。故仁者若向彼请求，或可允诺。附写一笺，往访时可持此纸。

去年仁者之函，湛翁未复，并无他意。彼之性情如是，即于旧友亦然。决非疏远之意也。

所以不乞湛翁题封面集名者，因湛翁喜题深奥之名字，为常人所不解，于流布颇有妨碍，故改为由朽人书写也。

仁者往访湛翁，乞将画稿等带去，说明其格式。彼寓延定巷旧第六号门牌内。如唤人力车，乞云：城内弼教坊银锭巷。因"延定"二字，常人不知也。往访之时间，宜在上午七时至七时半之间，迟恐彼他出。

将来《护生痛言》排版之时，其字之大小，排列之格式，皆乞与子恺商酌。初校之时，亦令彼一阅其格式合否。

《嘉言录》中，有大号之黑点●，殊损美观。如必须用，可用再小一号者●。或用三角空形△，尤善。此书虽流通甚广，雅俗共赏，但实偏重于学者一流之机。因子恺之画，朽人与湛翁之字，皆非俗人所能赏识。故应于全体美观上，十分注意也。装订以洋装为宜。如《到光明之路》之式，最善。

尊撰《护生痛言》，闻已脱稿，至为欢慰。谨复，不具一一。

演音上

六月十九日

湛翁向不轻为人撰文写字。朽人数年前曾代人托彼撰写，至今未就。此书题词，如至九、十月间仍未交来者，则改为由朽人撰写。但衰病不能构思，仅能勉题数语耳。

（一九二八年八月初三日，镇海）（节选）

圆净居士慧览：

　　兹有数事奉托，条记如下：

　　△（一）由周居士送上网篮一只，上层有书三包（包皮写明交与仁者字样），乞检出，将此书暂存尊处。其余之物及网篮，皆交子恺收。

　　△（二）《五戒相经》，不久印出再版之精装本二百册（连史纸印，磁青纸面子），及《有部毗柰耶》之精装本二百册。俟印就后，即由中华书局送至尊处。如收到后，乞检出各一百五十册，送至内山书店，托彼转赠日本诸处。其余各五十册，乞尊处代为收藏，俟朽人他日需用时领取。

　　△（三）又《有部毗柰耶》之普通纸印本一千册（赛宋纸印），亦由中华书局同时送至尊处。如收到后，乞检出五十册，一并送与内山书店，托彼赠送。此外，又乞仁者斟酌，如有适宜之寺院及僧众等，亦可赠送。（此书系比丘律，在家人处可以不送。）然亦无须多送。其余之书，乞暂存贮尊处，以待他日觅得适宜之处，再络续赠送。现在各地僧学校，逐渐兴办。将来此书，应可有适宜赠送之处也。又老辈之中，如印光法师诸处，皆可不送。

　　△（五）以上各书，皆可无须寄至朽人处。又《戒杀画

集》出版之后，亦乞勿寄下。俟明年至沪时，再披阅可也。

△（六）《戒杀画集》出版之后，凡老辈旧派之人，皆可不送或少送为宜。因彼等未具新美术之知识，必嫌此画法不工，眉目未具，不成人形。又对于朽人之书法，亦斥其草率，不合殿试策之体格（此书赠与新学家，最为逗机。如青年学生，犹为合宜。至寻常之寺院，及守旧之僧俗，皆宜斟酌送之）。

△（七）前存尊处之初版《五戒相经》（普通纸印），乞检出五十册。送至北京路通易信托公司内周守良居士收下，转交温州周孟由居士收。

△（八）《调查录》，已朱标记号数处，交尤居士（其改正之词，另载说明书中）。乞仁者便中索阅。又说明书一纸，亦已交尤居士。（按此书等已寄去，乞索阅。）

△（九）《寒山拾得诗》中，有戒杀诗数首。昔人著作中，似未编入。今或可选出，录入《护生画集》中。乞酌之（此诗金陵有单行本，名曰《寒山诗》）。

△（十）七月初二日信片，已收到。又承寄《地藏菩萨录》一包，亦收到。敬谢！

已上奉托诸事，种种费神，感谢无尽。

演音上

八月初三日

（一九二八年八月廿一日，温州）

圆净、子恺二居士同览：

惠书及另寄之画稿、宣纸等，皆收到。

披阅画集，至为欢喜赞叹。但稍有美中不足之处。率以拙意，条述如下，乞仁等逐条详细阅之，至祷！

△案此画集为通俗之艺术品，应以优美柔和之情调，令阅者生起凄凉悲悯之感想，乃可不失艺术之价值。若纸上充满残酷之气，而标题更用"开棺""悬梁""示众"等粗暴之文字，则令阅者起厌恶不快之感，似有未可。更就感动人心而论，则优美之作品，似较残酷之作品感人较深。因残酷之作品，仅能令人受一时猛烈之刺激。若优美之作品，则能耐人寻味，如食橄榄然（此且就曾受新教育者言之。若常人，或专喜残酷之作品。但非是编所被之机。故今不论）。

△依以上所述之意见，朽人将此画集重为编订，共存二十二张（尚须添画两张，共计二十四张。添画之事，下条详说）。残酷之作品，虽亦选入三四幅。然为数不多，杂入中间，亦无大碍。就全体观之，似较旧编者稍近优美。至排列之次序，李居士旧订者固善。今朽人所排列者，稍有不同，然亦煞费苦心。尽三日之力，排列乃定。于种种方面，皆欲照顾周到。但因画稿不多，难于选定。故排列之次序，

犹不无遗憾耳。

△此画稿尚须添画二张。

其一，题曰《忏悔》。画一半身之人（或正面，或偏面，乞详酌之），合掌恭敬，作忏悔状。其衣服宜简略二三笔画之，不必表明其为僧为俗。

其一，题曰《平和之歌》。较以前之画幅，加倍大（即以两页合并为一幅）。其虚线者，即是画幅之范围。其上方及两旁，画舞台帷幕之形。其中间，画许多之人物，皆作携手跳舞、唱歌、欢笑之形状。凡此画集中，所有之男女人类及禽兽虫鱼等，皆须照其本来之像貌，一一以略笔画出（其禽兽之已死者，亦令其复活。花已折残者，仍令其生长地上，复其美丽之姿。但所有人物之像貌、衣饰，皆须与以前所画者毕肖。俾令阅者可以一一回想指出，增加欢喜之兴趣）。朽人所以欲增加此二幅者。因此书，名曰《护生画集》。而集中所收者，大多数为杀生伤生之画，皆属反面之作品，颇有未安。今依朽人排定之次序。其第一页《夫妇》，为正面之作品。以下十九张（惟《农夫与乳母》一幅，不在此类）皆是反面之作品，悉为杀生伤生之画。由微而至显，复由显而至微。以后之三张，即是《平等》及新增加之《忏悔》《平和之歌》，乃是由反面而归于正面之作品。以《平和之歌》一张作为结束，可谓圆满护生之愿矣。

△集中所配之对照文字，固多吻合。但亦有勉强者，则减损绘画之兴味不少。今择其最适宜者用之。此外由朽人为作白话诗，补足。但此种白话诗，多非出家人之口气，故托名某某道人所撰。并乞仁等于他人之处，亦勿发表此事（勿谓此诗为余所作）。昔蕅益大师著《辟邪集》，曾别署缁俗之名，杂入集中。今援此例而为之。

△《夫妇》所配之诗，虽甚合宜。但朽人之意，以为开卷第一幅，须用优美柔和之诗。至残杀等文义，应悉避去。故此诗拟由朽人另作。

△画题有须改写者，记之如下。乞子恺为之改写。

《溺》改为《沉溺》。（第二张）

《囚徒之歌》改为《凄音》，原名甚佳，因与末幅《平和之歌》重复，故改之。（第三张）

《诱杀》改为《诱惑》。（第四张）

《肉》改为《修罗》。（第十一张）

《悬梁》能改题他名，为善。乞酌为之。（第十三张）

又《刑场》之名，能改题，更善。否则仍旧亦可。（第十二张）

△朽人新作之白话诗，已成者数首，贴于画旁，乞阅

之。（凡未署名者皆是。）

△对照之诗，所占之地位，应较画所占之地位较小，乃能美观（至大，仅能与画相等）。万不能较画为大。若画小字大，则有喧宾夺主之失，甚不好看。故将来书写诗句之时，皆须依一一之画幅，一一配合适宜。至以后摄影之时，即令书与画同一时，同一距离摄之，俾令朽人所配合大小之格式，无有变动。

△最后之一张画，即《平和之歌》，是以两页合拼为一幅。将来此幅对照之诗，其字数较多，亦是以两页合拼为一幅。诗后并附短跋数语，故此幅之字数较多也。

△画集，附挂号寄上。乞增补改正后，再挂号寄下，并画好之封面，同时寄下。

△将来印刷之时，其书与画之配置高低，及封面纸之颜色与结纽线之颜色，能与封面画之颜色相调和否？皆须乞子恺处处注意。又画后，有排版之长篇戒杀文字，亦须排列适宜。其圈点之大小，与黑色之轻重，皆须一一审定。因吾国排字工人之知识，甚为幼稚，又甚粗心，决不解"美观"二字也。此事至要，慎勿轻忽。

△此画集如是编定，大致妥善。将来再版之时，似无须增加变动。

△所有删去之十数张，将来择其佳者可以编入二集。兹将删去之画，略评如下：

　　《诱杀（二）》，此画本可用。但以此种杀法，至为奇妙，他人罕有知者。今若刊布，恐不善之人以好奇心学此法杀生。故删去。

　　《尸林》《示众》《上法场》《开棺》，皆佳。但因此类残酷之作，一卷之内不宜多收，故删去。将来编二集时，或可编入。但画题有宜更改者。

　　《修罗》，此画甚佳。但因与《肉》重复，故删去。今于《肉》改题为《修罗》，则此幅《修罗》应改为他名。俟编二集时，可以编入。

　　《炮烙》亦可用。今因集中，有一花瓶一玻璃瓶，与此洋灯罩之形相似。若编入者，稍嫌重复，故删去。

　　《采花感想》，此画章法未稳。他日改画后，可以选入二集。

　　《生的扶持》亦可用。因与《夫妇》略似，故删去。

　　《义务警察》，今人食犬肉者罕闻。此画似可不用。

　　《杨枝净水》，此画可用。将来编二集时，可以此画置在最后之一幅。

　　△将来编二集时，拟多用优美柔和之作，及合于画生

正面之意者。至残酷之作，依此次之删遗者，酌选三四幅已足，无须再多画也。

△此次画集所选入者，以《母之羽》《倘使羊识字》《我的腿》《农夫与乳母》《残废的美》，为最有意味。《肉》，甚有精彩。

△以上所述之拙见，皆乞仁等详细阅之。画稿增改后，望早日寄下，为盼！

△子恺所画之格子，现在虽未能用。但由朽人保存，以备将来书写他文字用之，俾不辜负量画一番之心血。至此次书写诗句时，应用之格子，拟由朽人自画。因须斟酌变通，他人不能解也。

△宿疾已愈。惟精神身体，皆未复元。草草书此，诸希鉴察，为祷！

演音上

八月廿一日

此函发出之时，同时已另写一明信片，寄与（狄思威路）李居士，请彼即亲至江湾索阅此函。故仁者收到此函后，无须转寄与李居士。恐途中遗失也。如李居士已往他处，一时不能返沪，而欲急阅此函者，乞挂号寄去为宜。

（一九二八年八月廿八日，温州）

圆净居士慧照：

顷奉到挂号尊函及明信一，并《藏经》样本一包，敬谢！

以前凡得诵尊函及获子恺函后，皆随时作复。但有时未另函复与仁者，仅于复子恺函内，附提及，托彼转达。前得子恺函，谓须写封面二张，随即书写，寄与子恺（大约在八月十六日以前发出）。故未寄与仁者（因仁者之函在后到，仁者函来时，此封面已寄出矣）。此次诸事，所以仁者未能接洽者，或因邮局罢工，信件迟到。或因子恺已返故乡，朽人凡寄与子恺之函至江湾者，彼皆未能披阅，转达仁者。故迟迟耳。尚有二原因：其一，为沪温之间，每周仅开轮船二次（或有时仅一次）。凡尊处与朽人来往之信件，或碰巧者，则二三日即到。若迟者，或至七八日，故往返之间须时半月。又朽人在温，不能常常出门。凡有信件，皆托人送至邮局。彼人或即送出，或迟数日送出，或径遗失，朽人则不之知也。因此种种缘故，致令仁者时以悬念，至用歉然！

近日寄与子恺之函，记之于下：

八月廿二日，挂号函一件，挂号画稿等一包。（同时寄与仁者一信片，请仁者至江湾索阅彼函。）廿三日，函一件；廿四日，信片一张；廿六日，函一件。皆写新作之诗。

关于画集之事，乞仁者披阅上记之函片，即可详悉。朽人重作之诗，除有二首须俟画集新稿于他日寄到时，乃能依画着笔外，其余之诗，皆已作好。现在专俟子恺将改订增加之画稿寄来（连同全部画稿寄来）。朽人即可补作诗二首，并书写全文（大约须一个月竣事）。此次关于画集之事，朽人颇煞费苦心。总期编辑完美，俾无负仁者期望之热诚耳。不具。

演音上

八月廿八日

将来画集出版后，除赠送外，或可酌定微价，在各处寄售流通。因赠送之书断难普及。有时他人愿得者，因已送罄，无处觅求，至为遗憾。

（一九二八年九月初四日，温州）（节选）

圆净居士慧览：

昨奉到尊片，又双挂号寄到稿本一册，同时收到。

书写对照文字，须俟画稿寄到，乃能书写。因每页须参酌画幅之形式，而定其文字所占之地位。（或大或小，或长或方或扁，页页不同，皆须与画相称。）又每写一页时，须参观全部之绘画及文字之形式，务期前后统一调和。（不能写一页，只照管一页。）故将字与画分两回寄上之事，亦势有所未能。诸乞亮之为幸。

朽意以为此事无须太速，总期假以时日，朽人愿竭其心力为之编纂书写。俾此集可以大体完善，庶不负仁者期望之热忱耳。

《护生痛言》，至为感佩。拟留此详读，俟对照文字写就，于他日一齐挂号奉上。

《调查录》中所载之各团体，大半有名无实。故凡有赠送之书，宜先赠一册。并附一明信片告彼等，如愿多得者，可再函索，并附寄邮费，云云。如此办法，最为合宜也。且就朽人所知者而论，各团体多是若有若无，其能聚集数十人而开念佛会者，其中之人，亦大半不识文字。

前月北京万居士之流通处，代人分送《陀罗尼》二种。依《调查录》所载之各机关，各赠送二十册。此种悲心，固甚可钦佩。但恐阅者不多。其寄至庆福寺者，直无处可以转送。即朽人亦不愿披阅，只可束之高阁而已。

再者，凡赠送之书，必分出若干部，以极廉之价，于各处寄售。因分送之书，不久即罄。他日有人愿得者，无处可以觅求，每兴向隅之叹也。

以上两事（一为不可多赠，一为须分出若干部寄售。朽人之意，非是阻止法宝流通。实愿法宝不致虚弃，俾不负施者之意耳）实为朽人多年经验，所常常眼见者。拟请仁者编辑《新调查录》时，附以赠送佛书时应注意之事数则刊入。（除上记之二事外，乞仁者与尤居士酌增。）俾他日有人依《调查录》赠送佛书时，可以得良善之办法也。

关于画集印刷排列格式之事，俟后再详陈。仁等对于此事，具有十分之热忱，至用钦佩。《上法场》一画，拟不编入。此次未编入之画稿，虽可希望他年能再出二集。但此事难以预定。且朽人精力衰颓，急欲办道。此次画集竣事之后，即谢绝一切，不能再任嘱托之事。朽意以为未编入之画稿，或可附入他种戒杀书中出版。（如居士林之洋装本，最为合宜。）此事将来有便，再乞仁等酌之。

新作之诗，皆已作就，共十六首。务期将全集之调子，调和整齐。但终未能十分满意耳。不具。

演音上

九月初四日

画集出版之后，若直接寄赠与各学校图书馆，似未十分稳妥。应由校中教员转交，乃为适宜也。现在即可托人调查介绍。如浙江两级师范图画手工专修科，及第一师范毕业生，现在某校任艺术教员者。又如上海美术学校及专科师范毕业生，现在某校任艺术教员者，皆可托子恺及吴梦非等设法调查。其南京两江师范图画手工专修科，可托姜敬庐居士调查。俟画集出版之后，每校共赠二册。一赠与此艺术教员，一乞彼转赠与彼校图书馆。朽意以为不仅限于赠送艺术学校。其他之中等以上之学校，皆可赠送。乞酌之。

或恐此画集，须迟至明春乃可出版。则延至明春再调查亦可。因各校教员，至年底或须更动也。

（一九二八年九月廿四日，温州）

圆净、子恺居士同鉴：

朽人现拟移居。以后寄信件等，乞写"温州麻行门外江心寺弘一收"，为宜，希勿再用"论月"二字，因名字歧异，邮局时生疑议，以专用弘一之名为妥也。

江心寺交通不便，凡有信件，皆寄存城内某店，俟有人入城买物时带来。（由岸至江心寺，须乘船过江，甚为不便。）其寄出之信件，亦须俟有便人，乃可付邮。以是之故，如由上海寄来之信，大约须迟至一个月左右，乃能得回信，甚为迟缓。且因辗转传递，或亦不免遗失也。此事诸乞亮察，为祷！

子恺新作之画稿，并旧画稿全份，乞合并聚集为一包，统于明年旧历三月底寄下，为要！不须络续而寄。又寄时，必须双挂号。至于朽人将白话诗题就，并书写完毕，即连马序及《护生痛言》，共为一包，大约于旧历五月，可以寄上。当由朽人亲身携往邮政总局，双挂号寄上，决不致有错误。

依上所陈者，为尊处寄新旧画稿来时，亦仅一次。又朽人寄出者，亦仅一次。如是较为清楚。

又朽人在江心寺，系方便闭关。一概僧俗诸师友，皆不晤谈。又各地常时通信之处，亦已大半写明信片，通告一切：谓以后两年三个月之内，若有来信，未能答复。又写字、作文等事，皆未能应命云云。自是以后，无十分重大之要事，决不出门。惟明夏寄上画稿时，拟出外一次耳。草草书此，不具一一。

演音上

九月廿四日

以后各种写件，皆拟暂停（如封面等皆不书写）。因邮寄太费周折，又恐遗失，反令他人悬念，故不如一律不写之为愈也。

再者，由他处寄至江心寺之函件，须存放某豆腐店，待工人等买豆腐时领取。豆腐店中人等，及工人等，皆知识简单，少分别心。虽有双挂号之函件，彼等亦漠然视之，不加注意。以是之故，虽双挂号，或亦不免遗失。因邮局之责任，仅送至豆腐店为止，以后即不管也。朽人之意，以为旧上海艺术师范毕业生，有二三人在第十中学任教务。拟请子恺居士于明春二月间，询问是否确实（问吴梦非便知）。倘果有其人者，先致函询彼。拟将画稿寄至第十中学，交他手收，令彼亲身送至江心寺，可否？彼如允许，再将画稿双挂号寄去。总之，此事甚须注意，乞仁等详酌之。（周孟由居士体弱多病，惟在家念佛，不常出外，性情弛缓，诸事不愿与闻。此事万万不可托彼转交，恐反致遗误延缓也。）

（一九四〇年旧三月十八日，永春）

圆晋居士莹鉴：

惠书诵悉。诸承关念。至用感慰。朽人近年已来，精力衰颓，时有小疾。编辑之事，仅可量力渐次为之。若欲圆满成就其业，必须早生极乐，见佛证果，回入娑婆，乃能为也。（古德云：去去就来，回入娑婆，指顾间事耳。）《南山律在家备览略编》第一册《宗体篇》，至今晨已将第二次正稿写竟。尚须整理增删，然后再写第三次正稿。以前预计，

四、五月间可以将第一册稿本寄奉。近以目力不佳，精神恍惚，恐须延期至五月以后乃成就也。《南山年谱》[①]，于数年前已编就，今存鼓浪屿，仅有数纸。以后拟再编《灵芝年谱》，材料甚少，亦仅三四纸。将来即附于《在家备览》第三册后也。《羯磨讲录》久已编就（共二册，或四册）。将来尚拟再为整理，乃能出版。《戒本讲录》，亦久编就（共二册，或四册），后半尚可用，前半须重编。以上两种，皆须俟编辑《在家备览》毕乃能着手。吾人修净土宗者，决不以弘法事业未毕，而生丝毫贪恋顾惜之心。朽人以上所云编辑诸事，不过姑作此想。经云：人命在呼吸间，固不能逆料未来之事也。余与仁者友谊甚厚，故敢尽情言之。乞勿以此信示他人，他人见者或为惊诧也。聂云台居士病状如何？以后来信时乞便中示及。谨复，不宣。

音启

旧三月十八日

---

① 《南山年谱》：唐终南山道宣律师年谱。

（一九四〇年六月十日，永春）

圆晋居士莹鉴：

　　兹寄上画六十张，封面二张，扉页一张，字六十一张，马序一张（初集）。字与边，皆照原样制版。倘因字之笔画太细，不能制锌版者，乞先影印若干册，后再依此影印者制版可也（因影印者，笔画皆自然加粗故）。每页下端之数目字，皆连制锌版。（其计数至一百，下为百一、百二等，不用百〇一字样。）共计一百廿一页（外国页数）。画幅上，偶有木炭起草稿之影子。摄影制版时，乞除去。其分甲、乙、丙等，悉依丰居士所标写者。（见每画幅后，上端铅笔所写者。）有四幅以朱笔标写者，系后寄来之画，由朽人随宜标写。（画幅后面，上端，朱笔所标之一、二、三等，系画幅之次序，今已无用。）其补题诗偈者，除学童之名以外，大约系丰居士所作，随宜署多名耳。

音启

六月十日

辑三

一音入耳来，万事离心去

致知在格物论（残）

昔宋孝宗即位，诏中外臣庶，陈时政阙失。朱子"封事"，首言帝王之学，必先格物致知。是知格物致知之学，为帝王所不废。然世之欲致其知者，往往轻视夫格物之理，抑何谬也。……所以泰山之高，非一石所能积。琅琊之东，渤澥稽天，非一水之钟。格物之理，微奥纷繁，非片端之能尽，此则人之欲致，夫知者所不可不辨也。……语云："通天地人谓之儒。"又云："一物不知，儒者之耻。"其此之谓欤。

非静无以成学论（残）

从来主静之学，大人以之治躬，学者以之成学，要惟恃此心而已。《言行录》云："周茂叔志趣高远，博学力行，而学以主静为主。"……盖静者，安也。如"莫不静好""静言思之"之类。是静如水之止，而停蓄弥深；静如玉之藏，而温润自敛。《嘉言篇》云："非静无以成学。"其即此欤。成学者何？盖以气躁则学不精，气浮则学不利……能静则学可成矣。……不然，游移而无真见，泛骛而多驰思，则虽朝诵读而夕讴吟，主宰必不克一也。又安望其成哉？

广告丛谈（节选）

三

广告分类，由种种方面别之，为类至繁。重用绘画者，谓之绘画广告；重用文字者，谓之文字广告；或直接达其目的者，谓之直接广告；间接达其目的者（药房登录来函、医士署同人公启者，属此类），谓之间接广告。又，用于商业者，谓之营业广告；否则，可谓之非营业广告。此外，如大广告、小广告、长期广告、短期广告等。此种之分类，皆由于广告之目的，或广告之方法，然不得谓为适切之分类也。

适切之分类，可即其性质上别之为二：一为移动广告，一为定置广告。迹其发达之历史，两者划然各异其渊源。分类之良法，殆无有逾于是者。

移动广告，如新闻广告之类是。新闻印刷既竟，必经送递，乃可收广告之效果。故此类广告，当视其移动之迟速，判其效力之多寡。属于此类者，有传单广告、信片广告、样本广告等。

定置广告，与前正相反，有不能移动之性质，如广告板之类是。广告板矗立市衢，炫其华彩，往来行人，游睇相属，广告之效力乃显。属于此类者，有招牌广告，舞台围幕广告、公园椅子广告、电车广告等。

移动广告为自动的，定置广告为他动的。此外，又有兼自动、他动二性者，谓之中性广告。例如，月份牌广告，赠送之际，属于移动广告；及悬诸梁壁，为座右之装饰，则又属于定置广告。属于此类者，有扇子广告、酒杯广告、手巾广告等。

又，以上三种之界限，亦有相混合者。如寻常递送之新闻，为移动广告；存贮于公众阅报处之新闻，为中性广告；新闻社前所张挂之新闻，为定置广告之类是也。

四

广告为招徕顾客之良法。往往有同一商品，同一实价。善用广告者昌，不善用广告者亡，是固事实之不可掩者。虽廉其价，美其物，匪假力于广告，必不可获迅速之效果。反是，以广告为主位，虽无特别之廉价，珍异之物品，然能夸大言于报纸，植绘板于通衢，昼则金鼓喧阗，夜则电光炫耀。及夫顾客偕来，叮咛酬应，始啜以佳茗，继赠以彩券。选择不厌，退换不拒，其商业未有不繁昌者。

广告之重要有如此。然广告之方法，以何者为最适切软？今大别之为三：曰货币广告，曰邮票广告，曰新闻杂志广告。

（一）货币广告

货币为一般人所通用。无论贵贱、男女、老幼，不用货币者，殆无其人。故货币之效力，可以普及全国，流通不歇，占广告中第一位。今以一万枚货币与一万张新闻纸比较，其效力如下：

货币之流通，以每一日移入一人手计之，有一万枚货币，十日间可通过十万人手，百日间可通过百万人手。由是类推，远逮数十百年，货币之流通，正无穷期。广告之效力，亦日益扩大。新闻纸则不然。依西洋学者计算，每一张新闻纸，平均阅者八人，有一万张新闻纸，计阅者八万人。然新闻之流通，仅在当日，逮及翌朝，阅者殆稀。故谓，新闻纸一万张，阅者仅八万人，蔑不可也。较诸货币之流通，由一万而十万，而百万，其效力之多寡，何可以道里计！又，货币为人所宝贵，故遗失损坏者较少。若新闻纸，则一览无余，弃若敝屣。其寿命之延促，相去为何如邪！

昔有英国商人，于法国小银货上镌印己名，散布各处，颇得良好之效果。然用广告于货币，每为政府所禁，今无行之者。

（二）邮票广告

邮票流通之效力，虽逊于货币，然货币仅能流通于内国，邮票则凡万国邮便联合国界内，皆可流通、自由。货币广告为内国的，邮票广告为世界的。故业外国贸易者，用邮票广告，效力尤着。但私人无制造邮票权，此不第吾国然也，世界各国靡不如是。

（三）新闻杂志广告

新闻杂志广告，其效力虽劣于前二者，然简便易于实行。其利有三：

甲、流通最广　广告牌广告，限于一定之位置。电车广告，限于铁道之范围。手巾广告，不入贵显之堂。信札广告，不入家族之目。若新闻杂志，则无论贵族平民、老幼男女，不限于阶级，不界于远近，靡不购读传观。故新闻杂志之广告，确为实用广告之上乘。

乙、费用最廉　无论如何精妙之广告，倘费用太昂，必亏及本利。若新闻杂志广告，较他种为廉。例如，发明信片广告十万张，需资千元，此外，尚有印刷费、发送费等。若新闻广告以半版计，上海普通价值约二十元以内，其费用相差有如是。

丙、制造最速　手巾广告、板画广告等，制造需时甚久。今日商业世界，每竞争于分秒间。此种广告，殆不适于活用。若新闻广告，能于数小时内登出，故传递消息最捷。杂志广告所以次于新闻广告者，亦在此。

以上所述广告之方法，理论上首货币，邮票次之；以实行言，当推新闻杂志。又新闻广告尤为第一良法云。

五

广告之分类，于第三章已举其略。兹更综其要者，别为二十。详论如下：

（一）新闻杂志；

（二）传单；

（三）书籍目录；

（四）书籍附张；

（五）营业招徕；

（六）定价表；

（七）画、明信片、信封等；

（八）时宪书、月份牌、日记簿、星期表等；

（九）火车；

（十）电车；

（十一）广告伞；

（十二）广告塔；

（十三）板画；

（十四）音乐队；

（十五）舞台围幕；

（十六）山林；

（十七）公园椅子；

（十八）电柱；

（十九）扇子、酒杯、食箸、火柴等；

（二十）衣帽、手巾、包袱等。

（一）新闻杂志广告

新闻杂志，种类綦繁，性质各殊，读者亦异。故登广告者，当审其新闻杂志之性质，与己所广告者适合与否，乃可收良好之效果。以上海报界论之，如《新闻报》之于商界，《民立报》之于学界，《妇女时报》之于女界，《教育杂志》之于教育界，金有密切之关系。又征诸日本报界，如《时事新报》读者多商人，《日日新闻》读者多官吏，《读卖新闻》读者多文学家，《万朝报》读者多中学生，《都新闻》读者多优人、艺伎。人类不同，需用之物品亦各异其趣。登纸烟广告于儿童杂志，鲜有不失败者。

（二）传单广告

传单广告之效力，虽逊于新闻杂志，然独适用于内地商店。盖内地与都市迥殊，营业规模至为狭隘。倘登广告于新闻杂志，虽名达都市，当地识者殆稀。若传单广告，最为适用。印费既廉，送递亦易。良善之法，当无有逾于是者。

（三）书籍目录广告

书店广告，当以是为主位。故发行所或发卖所皆印有书籍目录，以备购者索取。普通书籍目录，年刊一次，或月刊一次，或用单张纸幅，或另装订成册。

中国学堂课本之编撰（节选）

学堂用经传，宜以何时诵读，何法教授，始能获益？

吾国旧学，经传尚矣。独夫秦汉以还，门户攸分，人主出奴，波澜未已。逮及末流，或以笺注相炫，或以背诵为事。鹜其形式，舍其精神。而矫其弊者，则又鄙经传若为狗，因噎废食，必欲铲除之以为快。要其所见，皆偏于一，非通论也。乃者学堂定章，特立十三经一科。迹其方法，笃旧已甚，迂阔难行，有断然者。不佞沉研兹道有年矣，姑较所见，以着于篇。知言君子，或有取于是焉。

（甲）区时。我国旧俗，乳臭小儿，入塾不半稔，即授以《学》《庸》。夫《大学》之道，至于平天下，《中庸》之道极于无声臭，岂弱龄之子所及窥测！不知其不解而授之，是大愚也。知其不解而强授之，是欺人也。今别其次序，区时为三：一蒙养，授十三经大意。此书尚无编定本，宜由通人撮取经传纲领总义，编辑成书。文词尚简浅，全编约三十课。每课不逾五十字，俾适合于蒙养之程度。凡蒙学堂末一年用之，每星期授一课，一年可读毕三十课，示学者以经传之门径。二小学，授《孝经》《论语》《尔雅》。《孝经》为古伦理学，虽于伦理学全体未完备，然其程度适合小学。《论语》为古修身教科书，于私德一义，言之綦翔。庄子称"孔子内圣之道在《论语》"，极有见。《尔雅》为古辞典，为小学必读之书。读此再读古籍，自有左右逢源之乐。三中学，授《诗》《孟子》《书》《春秋》"三传"、"三礼"、《易》《中庸》。《诗经》为古之文集（章诚斋《诗教篇》翔言之）。有言情、达志、敷陈、讽谕、抑扬、涵泳诸趣意，宜用之为中学唱歌集。其曲谱取欧美旧制，多合用者。（余曾取《一剪梅》《喝火令》《如梦令》诸词，填入法兰西曲谱，亦能合拍。可见乐歌一门，非有中西古今之别。）如略有参差，则稍加点窜，亦无不可。欧美曲谱，原有随时编订之例，毋待胶柱以求也。《孟子》于政治、哲学金有发明。近人有言曰"举中国之百亿万群书，莫如《孟子》"，持论至当。《书经》为本国史，"春秋三传"为外交史，皆古之历史也。刘子元判史体为六家，而以《尚书》《春秋》《左传》列焉，可云卓识。"三礼"皆古制度书，言掌故者所必读。晰而言之，《周礼》属于国，《仪礼》属于家，《礼记》条理繁富，不拘一格，为古学堂之普通读本。此其异也。若夫《易经》《中庸》，同为我国古哲学书。汉儒治《易》喜言数，宋儒治《易》喜言理。然其立言，皆不无偏宕，学者宜会通观之。《中庸》自《汉书·艺文志》裁篇别出，后世刊行者皆单行本。其理想精邃，决非小学所能领悟，中学程度授之以此，庶几近之。

（乙）审订。笃旧小儒，其斥人辄曰："离经叛道。"是谬说也。经者，世界上之公言，而非一人之私言。圣人不以经私诸己，圣人之徒不以其经私诸师。兹理至明，靡有疑义。后世儒者，以尊圣故，并尊其书。匪特尊其书，并其书之附出者亦尊之，故十三经之名以立。而扬雄作《法言》，人讥其拟《论语》；作《太玄》，人讥其拟《易》。王通作《六籍》，人讥其拟圣经。他若毛奇龄作《四书改错》，人亦讥其非圣无法。以为圣贤之言，亘万古，袤九垓，断无出其右者，且非后人可以拟议之者。虽然，前人尊其义，因重其文；后儒重其文，转舍其义。笺注纷出，门户互争。《大学》"明德"二字，汉儒据《尔雅》，宋儒袭佛典，其考据动数千言。秦延君说《尧典》篇目，两字之说十万言。说"曰若稽古"四字三万言。甚至一助词、一接续词之微，亦反复辩论，不下千言。一若前人所用一助词、一接续词，其间精义，已不可枚举。亦知圣贤之微言大义，断不在此区区文字间乎！矧夫晚近以还，新学新理，日出靡已，所当研究

117

者何限，其理想超轶我经传上者又何限！而经传所以不忍遽废者，亦以国粹所在耳。一孔之儒，喜言高远，犹且故作伟论，强人以难。夫强人以难，中人以下之资，其教育断难普及，是救其亡，适以促其亡也。与其故作高论促其亡，曷若变通其法蕲其存！变通其法，舍删窜外无他求。删其冗复，存其精义；窜其文词，易以浅语。此删窜之法也。若夫经传授受之源流，古今经师之家法，诸儒笺注之异同，必一一研究，最足害学者之脑力，是求益适以招损。今编订经传释义，皆以通行之注释为准，凡异同之辨，概付阙如，免淆学者之耳目。此订正之法也。

《孝经》《论语》皆小学教科书，删其冗复，存者约得十之六七。易其章节体为问答体（如近编之《地理问答》《历史问答》之格式是）。眉目清晰，条理井然，学者读之，自较章节体为易领会。唯近人编辑问答教科书，其问题每多影响之处。答词不能适如其的，不解名学故也。脱以精通名学者任编辑事，自无此病。

《尔雅》前四篇，鲜可删者，其余凡有冷僻名词不经见者，宜酌为删去。原文简明，甚便初学，毋俟润色。《尔雅图》，可以助记忆之力，宜择其要者补入焉。

《诗经》作唱歌用，体裁适合，无事删润。

《孟子》亦宜改为问答体，删润其原文，以简明为的。近人《孟子微》，颇有新意，可以参证。

《尚书》原文，最为奥衍。宜用问答体，演成浅近文字。

"春秋三传"，唯《左传》纪事最为翔实。刘子元《申左篇》尝言之矣。今当统其事实之本末，编为问答体（或即用《左传纪事本末》为蓝本，而删润其文），以为课本。其《公》《谷》"二传"，用纪事本末体，略加编辑，作为参考书。

近人孙诒让撰《周礼政要》，取舍綦当，比附亦精，颇可用为教科书。近今学堂用者最多。唯论词太繁。宜总括大义，加以润色。每节论词，不可逾百字。

《仪礼》宜删者十之八，仅通大纲已足。《礼记》宜删者十之六。以上两种，皆用问答体。

我国言《易》《中庸》，多涉理障。宜以最浅近文理，用问答体为之。

问答体教科书，欧日小学堂有用之者。我国今日既革背诵之旧法，而验其解悟与否，必用问答以发明。唯经传意义艰深，条理棼杂，以原本授学者，行问答之法，匪特学者不能提要钩元，为适合之答词，即教者亦难统括大意，为适合之问题。（今约翰书院读《书经》《礼记》《孟子》《论语》等，金用原本教授，而行问答之法。教者、学者两受其窘。）吾谓，编辑经传教科书，泰半宜用问答体，职是故也。

乌乎，处今日之中国，吾不敢言毁圣经，吾尤不忍言尊圣经。曷言之？过渡时代，青黄莫接。向之圣经，脱骤弃之若敝屣，横流之祸，吾用深惧。然使千百稔后，圣经在吾国犹如故，而社会之崇拜圣经者，亦如故。是尤吾所恫心者也。我族开化早于他国，二千稔来，进步盖鲜。何莫非圣经不死有以致之欤！一孔之士，顾犹尊之若鬼神，宝之若古董，譬诸日月经天，江河行地。是亦未审天演之公例也。前途茫茫，我忧孔多。撰《学堂用经传议》既竟，附书臆见如此。愿与大雅宏达共商榷焉。

图画修得法（节选）

我国图画，发达盖早。黄帝时史皇作绘，图画之术，实肇乎是。是周聿兴，司绘置专职，兹事浸盛。汉唐而还，流派灼著，道乃烈矣。顾秩序杂遝，教授鲜良法，浅学之士，靡自窥测。又其涉想所及，狃于故常，新理眇法，匪所加意，言之可为于邑。不佞航海之东，忽忽逾月，耳目所接，辄有异想。冬夜多暇，掇拾日儒柿山、松田两先生之言，间以己意，述为是编。夫唯大雅。倘有取于斯欤？

一　图画之效力

浑浑圆球，汶汶众生，洪荒而前，为萌为芽，吾靡得而论矣。迫夫社会发达，人类之思想浸以复杂。而达兹思想者，厥有种种符号。思想愈复杂，符号愈精密。其始也蟠屈其指，作式以代，艰苦万状，阙略滋繁。厥后代以语言，发为声响，凡一己之思想感情，佥能婉转以达之，为用便矣。然范围至狭，时间綦促，声响飘忽，霎不知其所极，其效用犹未为完全也。于是制文字、尚纪录，传诸久远，俾以不朽。虽然社会者，经岁月而愈复杂者也。吾人之思想感情，亦复杂日进，殆鲜底止。而语言文字之功用，有时或穷。例如，今有人千百，状人人殊。必一一形容其姿态服饰，纵声之舌，笔之书，匪涉冗长，即病疏略，殆犹不毋遗憾焉。而以所以弥兹遗憾，济语言文字之穷者，是有道焉。厥道为何？曰唯图画。

图画者，为物至简单，为状至明确。举人世至复杂之思想感情，可以一览得之。挽近以还，若书籍、若报章、若讲义，非不佐以图画，匡文字语言之不逮。效力所及，盖有如此。

说者曰："图画者娱乐的，非实用的。"虽然，图画之范围綦广，匪娱乐的一端所能括也。夫图画之效力，与语言文字同，其性质亦复相似。脱以图画属娱乐的，又何解于语言文字？倡优曼辞独非语言，然则闻倡优曼辞，亦谓语言属娱乐的乎？小说传奇独非文字，然则诵小说传奇，亦谓文字属娱乐的乎？三尺童子当知其不然矣。人有恒言曰："言语之发达，与社会之发达相关系。"今请易其说曰："图画之发达，与社会之发达相关系，蔑不可也。"人有恒言曰："诗为无形之画，画为无声之诗。"今请易其说曰："语言者无形之图画，图画者无声之语言，蔑不可也。"若以专门技能言之，图画者美术工艺之源本。脱疑吾言，曷鉴泰西？一千八百五十一年，英国设博览会，而英产工艺品居劣等。揆厥由来，则以竺守旧法故。爰憬然自省，定图画为国民教育必修科。不数稔，而英国制造品外观优美，依然震撼全欧。又若法国，自万国大博览会以来，不惜财力、时间、劳力，以谋图画之进步，置图画教育视学官，以奖励图画。而法国遂为世界大美术国。其他若美、若日本，佥模范法国，其美术工艺亦日益进步。夫一叶之绢，一片之木，脱加装饰，顿易旧观。唯技术巧拙，各不相挣，价值高下，爰判等差。故有同质同量之物，其价值不无轩轾者，盖有由也，匪直兹也。图画家将绘某物，注意其外形姑勿论，甚至构成之原理，部分之分解，纵极纤屑，靡不加意。故图画者可以养成绵密之注意，锐敏之观察，确实之智识，强健之记忆，着实之想象，健全之判断，高尚之审美心。（今严冷之实利主义、主张审美教育，即美其情操，启其兴味，高尚其人品之谓也。）

此图画之效力关系于智育者也。若夫发挥审美之情操，图画有最大之伟力。工图画者其嗜好必高尚，其品性必高洁。凡卑污陋劣之欲望，靡不扫除而淘汰之，其利用于宗教、教育、道德上为尤著，此图画之效力关系于德育者也。

又若为户外写生，旅行郊野，吸新鲜之空气，览山水之佳境，运动肢体，疏瀹精气，手挥目送，神为之怡，此又图画之效力关系于体育者也。

艺术谈（节选）

美术、工艺之界说

美术、工艺，二者不可并为一谈。美术者，工艺智识所变幻，妙思所结构，而能令人起一种之美感者也。工艺则注意于实科而已。然究其起点，无不注重于画图。即以美术学校论，以预备画图入手，而雕刻图案、金工铸造各大科中，亦仍注重此木炭、毛笔、用器等画。惟图画之注意，一在应用，一在高尚。故工艺之目的，在实技；美术之志趣，在精神。

摘绵

摘绵制法，先画一图，不拘花草鸟兽，用色绢剪成小方块，折之以角，层层折叠。如叠花则折长角，鸟羽或用圆角，或用长短角。花梗则用绕绒铜丝。鸟足亦如此。总之，能设色图画者，学习较易。用法或作横挂、屏风、堂幅、照架等类，或堆于绢质花瓶、花篮上，突出如生，色样鲜艳，颇有名贵气。然非善于图者不辨。女子美术学校盛行之。

堆绢

堆绢一科，日本称为押绘。先画简笔花鸟于纸，将纸剪下，如式再剪厚纸，以新白棉花堆砌其上。乃用白绢糊之，施以彩色，则堆起如生。（山水人物皆可。）然后，或贴于精致木板，或装镜架。日本女子美术学校中，多制此类，为高品盛饰，其实乃传自我国耳！

绵细工

此种系用铁丝作骨，绵花为肉，包以绵纸，附以羽毛，制成鸟兽草虫之类，小者为儿童玩物，大者如生物立体相同，为小学校教授模型之用。

刺绣

我国刺绣之所以居于劣败之地，其原因有三：（一）习绣者不习画图，故不知若者为章法之美，若者为章法之劣。昧然从事，不加审择。此其一。（二）习绣者不知染丝、染线之法。我国染色丝线，种类不多，于是欲需何色，往往难求。乃妄以他色代之，遂觉于理不合。此其二。（三）不知普通光学。于是阴阳反侧，光线不能辨别，无论圆柱、椭圆、浑圆等物，往往无向背明晦之差，阴阳浅深之别。一望平坦，无半点生活气。此其三。今欲挽救其弊，在使习绣者必习各种图画。知光线最宜辨别，如法施用。若用缺色，用颜料设法自调自染，自不难达绝妙地步。至于绣工，但求像生，似不必再求过于工细。如古时绣件，作者太觉沉闷，且于生理大有妨碍，似可不必学步。观东西洋绣法，不过留意于以上三者，已觉焕然生色矣。

火画

火烙画，其法最古。法用细铁针，握手处装以泥团，防其传热。其针在炉中炙红，画于竹木或石上，则焦痕斑斓可观。日本用酒精灯。钢针连于皮管，皮管连于皮球。一面将针烧红，一面将皮球挤出空气。俟皮管、皮球热后，钢笔传热不退。握笔作画，用可长久，不必屡屡更其笔也。今用竹箸式之铁针十余只，装以木柄，烧于炉中，互相更换，亦火画简便之法也。

油画

用彩色油漆与松节油调和，使之深浅浓淡，各得其宜。或画于漆板，或画于漆布，或画于漆纸，皆可。先将白油漆作地，待其干后，再以彩色涂之。或用几种色者，挨次堆砌，视其深浅合宜为最佳。惟画图基础，方能出色。

图画之目的

（甲）随意　凡所见之物，皆能确实绘诸纸上，故凡名山大川、珍奇宝物，人力所不能据为己有者，图画家则可随意掠夺其形色，绘入寸幅。长房缩地之术，愚公移山之能，图画家兼擅之矣。

（乙）美感　图画最能感动人之性情。于不识不知间，引导人之性格入于高尚优美之境。近世教育家所谓"美的教育"，即此方法也。

谈写字的方法（节选）

一

这一次所要讲的，是这里几位学生的意思——要我来讲关于写字的方法。

关于写字的源流、派别，以及笔法、章法、用墨……古人已经讲得很清楚了。而且有很多的书可以参考，我不必多讲。现在只就我个人关于写字的心得及经验随便来说一说。

诸位写字的成绩很不错。但是每天每个人只限定写一张，而且只有一个样子，这是不对的。每天练习写字的时候，应该将篆书、大楷、中楷、小楷四个样子，都要多多地写与练习。如果没有时间，关于中楷可以略掉；至于其他的字样，是缺一不可的，且要多多地练习才对。我有一点意见，要贡献给诸位。下面所说的几种方法，我认为很重要。

二

我对于发心学字的人，总是劝他们先由篆字学起。为什么呢？有几种理由：

（一）可以顺便研究《说文》，对于文字学，便可以有一点常识了。因为一个字一个字都有它的来源，并不是凭空虚构的，关于一笔一画，都不能随随便便乱写的。若不学篆书，不研究《说文》，对于文字学及文字的起源就不能明白——简直可以说是不认得字啊！所以写字若由篆书入手，不但写字会进步，而且也很有兴味的。

（二）能写篆字以后，再学楷书，写字时一笔一画也就不会写错的了。我以前看到养正院几位学生所抄写的稿子，写错的字很多很多。要晓得：写错了字，是很可耻的——这正如学英文的人一样，不能把字母拼错一个。若拼错了字，人家怎么认识呢？写错了我们自己的汉文字，更是不可以的。我们若先学会了篆书，再写楷字时，那就可以免掉很多错误。此外，写篆字也可以为写隶书、楷书、行书的基础。学会了篆字之后，写隶书、楷书、行书就都很容易——因为篆书是各种写字的根本。

若要写篆字的话，可先参看《说文》这一类的书。有一部清人吴大澂的《说文部首》，那是不可缺少的。因为这部书很好，便于初学，如果要学写字的话，先研究这一部书最好。

既然要发心学写字的话，除了写篆字外，还有大楷、中楷、小楷，这几样都应当写。我以前小孩子的时候，都通通写过的。至于要学一尺、二尺的字，有一个很简便的方法：那就可用大砖来写，平常把四块大砖拼合起来，做成桌子的样子，而且用架子架起来，也可当桌子用；要学写大字，却很方便，而且一物可供两用了。

大笔怎样得到呢？可用麻扎起来做大笔，要写时，就可以任意挥毫。大砖在南方也许不多，这里倒有一个方法可以替代：就是用水门汀拼起来成为桌子。而用麻来写字，都是一样的。这样一来，既可练习写字，而纸及笔，也就经济得多了。

篆书、隶书乃至行书都要写，样样都要学才好；一切碑帖也都要读，至少要浏览一下才可以。照以上的方法学了一个时期以后，才可专写一种或专写一体。这是由博而约的方法。

三

至于用笔呢？算起来有很多种，如羊毫、狼毫、兔毫等。普通是用羊毫，紫毫及狼毫亦可用，并不限定哪一种。最要注意的一点就是写大字须用大笔，千万不可用小笔！用小的笔写大字，那是很错误的。宁可用大笔写小字，不可以用小笔写大字。

还有纸的问题。市上所售的油光纸是很便宜的，但太光滑很难写。若用本地所产的粗纸，就无此毛病了。我的意思：高年级的同学可用粗纸，低年级的可用油光纸。

此地所用的有格子的纸，是不大适合的，和我们从前的九宫格的纸不同。

石膏模型用法

石膏模型为学图画者最良之范本

自来图画专门之练习，每取古代制作品及其复制品为范本。但近来于普通教育图画之练习，亦采用此法。其范本以用石膏制之模型为主。

普通教育设图画科，不仅练习手法，当以练习目力为主。此说为今日一般教育家所公认。因眼所见之物体，须知觉其正确之形状。此种知觉之能力，为一般人所不可缺。但依旧式临画之方法以养成此种之能力，至为困难。于是近年以来，欧美各国之普通教育，以实物写生为图画之正课，即用兼习临画者，亦加以种种限制。因临画之教式，教以一定之描写法，利用小巧手技似甚简便，然能减杀初学者之独创力，生依赖定式之恶习惯，且于目力之练习毫无裨益。故教学图画者，当确信实物写生为第一良善之方法。

实物写生，取日常所用简单之器具为范本，固属有益。但初学者练习图线，以单纯之直线、曲线构成之物体为宜。又练习阴影，以纯白之物体为宜。石膏模型，仿实物之形状，以美妙之直线与曲线构成，其色纯白，阴影处无色彩错乱之虞。阴阳浓淡之程度，容易判别。故学图画者，当确信石膏模型为实物写生用第一完全之范本。

石膏模型分二种：

一、摹仿古今雕塑之名品杰作之复制品。

二、作者摹仿实物之创作品。

写生练习用，以第一种为宜。因以艺术上之名作为范本，自能悟解线形及骨相纯正之状态，且可以养成审美之智识。

收藏法

石膏模型，质甚脆弱，最易破坏，且图画用之模型，以纯白为适用。故须注意收藏，不可使受尘埃及油烟，其他污点斑纹亦不可有。

石膏模型当贮藏于标本室，不可陈列于图画讲堂。因生徒常见此种标本，日久将毫无新奇之感情，故须另设收藏室，临画时再搬入讲堂。

教室之选定及室内之设备

写生用教室须高广，向北一面开玻璃窗。如以寻常教室充用，当由一面取光线。倘由二面或三面光线混入，模型之阴影将紊乱，初学者甚困难。

室内设备，当依其室内之形状酌定，无一定之程式，模型或近壁或在室之中央。如近壁时，壁面以浓色为宜，否则亦可挂布幕以为模型之背景，俾生徒观察物形之外线能十分明了。模型台之高低，当与多数生徒之视线在同一水平位为适宜（生徒座位前列低、后列高，最后列者每直立，故视线之高低不能统一）。

图画之材料

普通学校图画用纸，虽无一定之限制，但须择其纸质强固、纸面不甚光滑者为宜。描写之材料，有铅笔、木炭及黑粉笔等。但其中以木炭为最适用。故西洋各普通学校皆专用木炭。日本之普通学校，从前专用铅笔，近亦兼用木炭。

西洋乐器种类概说

西洋乐器之分类有种种之方法，兹依最普通之分类法，分为弦乐器、管乐器、击乐器及金制乐器四种。

1. 弦乐器

弦乐器分为二种，一为用弓之弦乐器，一为弹拨之弦乐器。兹分述之如下：

（1）用弓弦乐器

小四弦提琴Violin　于弦乐器中属于最高音部。其音色幽艳明畅，富于表情，强弱自由，能现音度之微细，为合奏之乐器，又可独奏，常占乐器之王位。其起源言人人殊，然由亚东传来，殆无疑义。然古时之制粗略不适用。至十七世纪之末叶，制法始完备如今日之形状。四弦合之，其音域可达于三个八音半。其奏法以马尾张弓，磨擦弦上。

中四弦提琴 Viola alto 较小，四弦提琴之形稍大；其制法无稍异，但其音各低五度。合奏时常属于中音部，音色稍有幽郁沉痛之感，独奏时有一种男性的热情。

大四弦提琴Cello　其形与前同，但甚大，奏时当正坐，以两腿挟其下体。于合奏时属于低音部，独奏时亦有特别之趣味。

最大四弦提琴Double Bass　其形较前犹大，高过人顶。合奏时属于最低音部，奏时须直立。形状太大，故其技巧不如前三者，不能独奏。

以上四种乐器，为弦乐中之主要，其音域至广。

（2）弹拨弦乐器

竖琴Harp　普通者有四十六弦，由踏板可以变易调子。管弦合奏时，用圆底提琴Mandolin，腹面为扁平之半球形，有四弦，调弦法与小四弦提琴同。

六弦提琴Guitar　形较小四弦提琴稍肥，有六弦。

长提琴Banjo　腹圆颈长，形较前者稍大，有四弦。

以上三种乐器，管弦合奏时，不加入。

2. 管乐器

管乐器分木制管乐器及金制管乐器两种。木制者其音色有柔婉温雅之特色，金制者有豪宕流畅之表情，用时虽不如弦乐能传写乐曲之精微，然其音色丰富洪大，为其特色。兹分述之如下：

（1）木制管乐器

横笛Flute　于管弦合奏时，常与小四弦提琴共占最高音部之位置。又横笛中又有小横笛Piccolo一种，其音更高。横笛之音量不大，然清澄明快，于管乐中罕见其匹。

竖笛Oboe　与横笛同属于最高音部。又在同类之中，竖笛English horn属于中音部。次中竖笛Bassom属于次中音部。大竖笛Fagotto属于低音部。是种皆有口簧，依其振动发音。其音色皆带忧郁之气，有引人之魔力。

单簧竖笛Clarinet　与竖笛相似，但口簧仅有一个；又口形之构造亦稍异。此种乐器，可依调之如何而更变。其乐器共有A调、B调、C调三种，表情丰富，强弱自由，又有低音单簧竖笛Bass Clarinet，其音较低。

（2）金制管乐器

高音部喇叭Trumpet　其音勇壮活泼，但易流于粗野。

小高音部喇叭Cornet　与前者相似，其音色稍柔。

细管喇叭Trombone　有中音、次中音、低音三种，音色壮大豪宕，能奏强音，为管乐中第一。

猎角式喇叭Horn　又名French horn，为管乐器中最富于表情者。音色有优美可怜之致。

新式喇叭为近世改良者，有最高音、高音、中音、次中音、低音、最低音六种。然管弦合奏时，用者甚稀。至近时用者仅有低音一种。

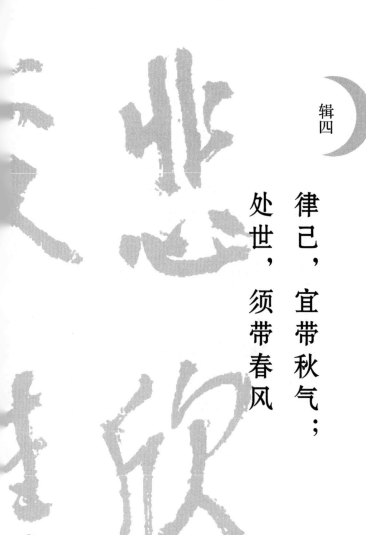

律己，宜带秋气；

处世，须带春风

《李庐印谱》序

緊自兽蹄鸟迹，权舆六书。抚印一体，实祖缪篆。信缩戈戟，屈蟠龙蛇。范铜铸金，大体斯得，初无所谓奏刀法也。赵宋而后，兹事遂盛。晁王颜姜，谱派灼著。新理泉达，眇法葩呈。韵古体超，一空凡障，道乃烈矣。清代金石诸家，蒐辑探讨，突驾前贤；旁及篆刻，遂可法尚。丁黄唱始，奚蒋继声，异军特起，其章草焉。盖规秦抚汉，取益临池，气采为尚，形质次之。而古法畜积，显见之于挥洒，与譣之于刻画，殊路同归，义固然也。不佞僻处海隅，昧道懵学。结习所在，古欢遂多。爰取所藏名刻，略加排辑，复以手作，置诸后编，颜曰《李庐印谱》。太仓一粒，无裨学业，而苦心所注，不欲自薶。海内博雅，不弃窳陋，有以启之，所深幸也。

《国学唱歌集》序

　　《乐经》云亡，诗教式微。道德沦丧，精力爨摧。三稔以还，沈子心工、曾子志忞，绍介西乐于我学界，识者称道毋少衰。顾歌集甄录，佥出近人撰著，古义微言，匪所加意。余心恫焉。商量旧学，缀集兹册，上溯古毛诗，下逮昆山曲。靡不鳃理而会粹之。或谱以新声，或仍其古调，颜曰《国学唱歌集》，区类为五：

毛诗三百，古唱歌集。数典忘祖，可为于邑。《扬葩》第一。
风雅不作，齐竽竞嘈。高矩遗我，厥唯楚骚。《翼骚》第二。
五言七言，滥觞汉魏。瑰伟卓绝，正声罔愧。《修诗》第三。
词托比兴，权舆古诗。楚雨含情，大道在兹。《撝词》第四。
余生也晚，古乐靡闻。夫唯大雅，卓彼西昆。《登昆》第五。

《护生画集》题赞

李（圆净）、丰（子恺）二居士，发愿流布《护生画集》，盖以艺术作方便，人道主义为宗趣。每画一叶，附白话诗，选录古德者十七首，余皆贤瓶闲道人补题。并书二偈，而为回向。

我依画意，为白话诗。意在导俗，不尚文词。

普愿众生，承斯功德。同发菩提，往生乐国。

《李息翁临古法书》序

居俗之日，尝好临写碑帖。积久盈尺，藏于丐尊居士小梅花屋，十数年矣。尔者居士选辑一帙，将以锓版示诸学者，请余为文冠之卷首。夫耽乐书术，增长放逸，佛所深诫。然研习之者能尽其美，以是书写佛典，流传于世，今诸众生欢喜受持，自利利他，同趣佛道，非无益矣。冀后之览者，咸会斯旨，乃不负居士倡布之善意耳。岁缠鹑尾，如眼书。

《韩偓评传》序

癸酉小春，驱车晋水西郊，有碑矗路旁，题曰"唐学士韩偓墓道"。因忆儿时尝诵偓诗，喜其名氏，乃五十年后七千里外，遂获展彼坟墓，因缘会遇，岂偶然也。

偓为唐季名臣，晚岁居南闽，略能熏修佛法。生平事迹，散见诸书，而知者盖鲜。乃属高子胜进，撷其概略，辑为一编，以示时贤。尔者紫云诗人施千金，重葺偓墓，晋水诸耆宿赋诗美之。余复为偓写经，回向菩提。而高子所辑传记，亦适于斯成就，可谓千载一时之盛矣。传记将以锓版，为述所怀，弁其端云。丙子八月弘一。

题王梦惺居士菜园文稿

　　文以载道，岂唯辞华。内蕴真实，卓然名家。居士孝母，腾誉乡里。文章艺术，是其余技。士应文艺以人传，不应人以文艺传。至哉斯言，居士有焉。

庚辰仲秋晚晴老人

格言别录

学问类

为善最乐，读书便佳。

茅鹿门云："人生在世，多行救济事，则彼之感我，中怀倾倒，浸入肝脾。何幸而得人心如此哉？"

诸君到此何为，岂徒学问文章，擅一艺微长，便算读书种子？在我所求亦恕，不过子臣弟友，尽五伦本分，共成名教中人。（广州香山书院楹联）

何谓至行？曰："庸行。"何谓大人？曰："小心。"

凛闲居以体独，卜动念以知几，谨威仪以定命，敦大伦以凝道，备百行以考德，迁善改过以作圣。（刘忠介《人谱》六条）

观天地生物气象，学圣贤克己工夫。

存养类

自家有好处，要掩藏几分，这是涵育以养深。别人不好处，要掩藏几分，这是浑厚以养大。

以虚养心，以德养身，以仁养天下万物，以道养天下万世。

一动于欲，欲迷则昏。一任乎气，气偏则戾。

刘直斋云："存心养性，须要耐烦耐苦，耐惊耐怕，方得纯熟。"

寡欲故静，有主则虚。

不为外物所动之谓静，不为外物所实之谓虚。

宜静默，宜从容，宜谨严，宜俭约。

敬守此心，则心定。敛抑其气，则气平。

青天白日的节义，自暗室屋漏中培来。旋乾转坤的经纶，自临深履薄处得力。

谦退是保身第一法，安详是处世第一法，涵容是待人第一法，恬淡是养心第一法。

刘念台云："涵养，全得一'缓'字，凡言语、动作皆是。"

应事接物，常觉得心中有从容闲暇时，才见涵养。

刘念台云："易喜易怒，轻言轻动，只是一种浮气用事，此病根最不小。"

吕新吾云："'心平气和'四字，非有涵养者不能做，工夫只在个定火。"

陈榕门云："定火工夫，不外以理制欲。理胜，则气自平矣。"

自处超然，处人蔼然。无事澄然，有事斩然。得意淡然，失意泰然。

气忌盛，心忌满，才忌露。

意粗性躁，一事无成。心平气和，千祥骈集。

冲繁地，顽钝人，拂逆时，纷杂事，此中最好养火。若决烈愤激，不但无益，而事卒以偾，人卒以怨，我卒以无成，是谓至愚。耐得过时，便有无限受用处。

人性褊急则气盛，气盛则心粗，心粗则神昏，乖舛谬戾，可胜言哉？

以和气迎人，则乖沴灭。以正气接物，则妖氛消。以浩气临事，则疑畏释。以静气养身，则梦寐恬。

轻当矫之以重，浮当矫之以实，褊当矫之以宽，躁急当矫之以和缓，刚暴当矫之以温柔，浅露当矫之以沉潜，黯刻当矫之以浑厚。

尹和靖云："莫大之祸，皆起于须臾之不能忍，不可不谨。"

逆境顺境看襟度，临喜临怒看涵养。

持躬类

聪明睿知，守之以愚。道德隆重，守之以谦。

富贵，怨之府也；才能，身之灾也；声名，谤之媒也；欢乐，悲之渐也。

只是常有惧心，退一步做，见益而思损，持满而思溢，则免于祸。

人生最不幸处，是偶一失言，而祸不及；偶一失谋，而事偾成；偶一恣行，而获小利。后乃视为故常，而恬不为意。则莫大之患，由此生矣。

学一分退让，讨一分便宜。增一分享用，减一分福泽。

不自重者取辱，不自畏者招祸。

盖世功劳，当不得一个"矜"字。弥天罪恶，当不得一个"悔"字。

大著肚皮容物，立定脚跟做人。

事当快意处须转，言到快意时须住。

殃咎之来，未有不始于快心者。故君子得意而忧，逢喜而惧。

物忌全胜，事忌全美，人忌全盛。

尽前行者地步窄，向后看者眼界宽。

花繁柳密处拨得开，方见手段。风狂雨骤时立得定，才是脚跟。

人当变故之来，只宜静守，不宜躁动。即使万无解救，而志正守确，虽事不可为，而心终可白。否则必致身败，而名亦不保，非所以处变之道。

步步占先者，必有人以挤之；事事争胜者，必有人以挫之。

安莫安于知足，危莫危于多言。

行己恭，责躬厚，接众和，立心正，进道勇。择友以求益，改过以全身。

度量如海涵春育，持身如玉洁冰清，襟抱如光风霁月，气概如乔岳泰山。

心不妄念，身不妄动，口不妄言，君子所以存诚。内不欺己，外不欺人，上不欺天，君子所以慎独。

心志要苦，意趣要乐，气度要宏，言动要谨。

心术以光明笃实为第一，容貌以正大老成为第一，言语以简重真切为第一。

平生无一事可瞒人，此是大快乐。

书有未曾经我读，事无不可对人言。

心思要缜密，不可琐屑。操守要严明，不可激烈。

聪明者戒太察，刚强者戒太暴。

以情恕人，以理律己。

以恕己之心恕人，则全交。以责人之心责己，则寡过。

唐荆川云："须要刻刻检点自家病痛，盖所恶于人许多病痛处，若真知反己，则色色有之也。"

以"淡"字交友，以"聋"字止谤，以"刻"字责己，以"弱"字御侮。

居安虑危，处治思乱。

事事难上难，举足常虞失坠。件件想一想，浑身都是过差。

怒宜实力消融，过要细心检点。

事不可做尽，言不可道尽。

胡文定公云："人家最不要事事足意，常有事不足处方好。才事事足意，便有不好事出来，历试历验。邵康节诗云：'好花看到半开时。'最为亲切有味。"

精细者，无苛察之心。光明者，无浅露之病。

识不足则多虑，威不足则多怒，信不足则多言。

足恭伪态，礼之贼也。苛察歧疑，智之贼也。

"缓"字可以免悔，"退"字可以免祸。

敦品类

敦诗书，尚气节，慎取与，谨威仪，此惜名也。竞标榜，邀权贵，务矫激，习模棱，此市名也。惜名者，静而休。市名者，躁而拙。

辱身丧名，莫不由此。求名适所以坏名，名岂可市哉！

处事类

处难处之事愈宜宽，处难处之人愈宜厚，处至急之事愈宜缓。

必有容，德乃大。必有忍，事乃济。

吕新吾云："做天下好事，既度德量力，又审势择人。'专欲难成，众怒难犯'此八字，不独妄动邪为者宜慎，虽以至公无私之心，行正大光明之事，亦须调剂人情，发明事理，俾大家信从，然后动有成，事可久。盖群情多暗于远识，小人不便于私己，群起而坏之，虽有良法，胡成胡久？"

强不知以为知，此乃大愚。本无事而生事，是谓薄福。

白香山诗云："我有一言君记取，世间自取苦人多。"

无事时，戒一"偷"字。有事时，戒一"乱"字。

刘念台云："学者遇事不能应，总是此心受病处。只有炼心法，更无炼事法。炼心之法，大要只是胸中无一事而已。无一事，乃能事事，此是主静工夫得力处。"

处事大忌急躁，急躁则先自处不暇，何暇治事？

论人当节取其长，曲谅其短。做事必先审其害，后计其利。

无心者公，无我者明。

接物类

严著此心以拒外诱，须如一团烈火，遇物即烧。宽著此心以待同群，须如一片春阳，无人不暖。

凡一事而关人终身，纵确见实闻，不可著口。凡一语而伤我长厚，虽闲谈戏谑，慎勿形言。

结怨仇，招祸害，伤阴骘，皆由于此。

持己当从无过中求有过，非独进德，亦且免患。待人当于有过中求无过，非但存厚，亦且解怨。

遇事只一味镇定从容，虽纷若乱丝，终当就绪。待人无半毫矫伪欺诈，纵狡如山鬼，亦自献诚。

公生明，诚生明，从容生明。

公生明者，不敝于私也。诚生明者，不杂以伪也。从容生明者，不淆于惑也。

穷天下之辩者，不在辩而在讷。伏天下之勇者，不在勇而在怯。

何以息谤？曰："无辩。"何以止怨？曰："不争。"

人之谤我也，与其能辩，不如能容。人之侮我也，与其能防，不如能化。

张梦复云："受得小气，则不至于受大气。吃得小亏，则不至于吃大亏。"

又云："凡事最不可想占便宜。便宜者，天下人之所共争也。我一人据之，则怨萃于我矣。我失便宜，则众怨消矣。故终身失便宜，乃终身得便宜也。此余数十年阅历有得之言，其遵守之，毋忽。余生平未尝多受小人之侮，只有一善策，能转湾早耳。"

忍与让，足以消无穷之灾悔。古人有言："终身让路，不失尺寸。"

以仁义存心，以忍让接物。

林退斋临终，子孙环跪请训。曰："无他言，尔等只要学吃亏。"

任难任之事，要有力而无气。处难处之人，要有知而无言。

穷寇不可追也，遁辞不可攻也。

恩怕先益后损，威怕先松后紧。

先益后损，则恩反为仇，前功尽弃。先松后紧，则管束不下，反招怨怒。

善用威者不轻怒，善用恩者不妄施。

宽厚者，毋使人有所恃。精明者，不使人无所容。

轻信轻发，听言之大戒也。愈激愈厉，责善之大戒也。

吕新吾云："愧之则小人可使为君子，激之则君子可使为小人。"

激之而不怒者，非有大量，必有深机。

处事须留余地，责善切戒尽言。

曲木恶绳，顽石恶攻。责善之言，不可不慎也。

吕新吾云："责善要看其人何如，又当尽长善救失之道。无指摘其所忌，无尽数其所失，无对人，无峭直，无长言，无累言。犯此六戒，虽忠告非善道矣。"

又云："论人须带三分浑厚。非直远祸，亦以留人掩盖之路，触人悔悟之机，养人体面之余，犹天地含蓄之气也。"

使人敢怒而不敢言者，便是损阴骘处。

凡劝人，不可遽指其过，必须先美其长，盖人喜则言易入，怒则言难入也。善化人者，心诚色温，气和辞婉；容其所不及，而谅其所不能；恕其所不知，而体其所不欲；随事讲说，随时开导。彼乐接引之诚，而喜于所好；感督责之宽，而愧其不材。人非木石，未有不长进者。我若嫉恶如仇，彼亦趋死如骛，虽欲自新而不可得，哀哉！

先哲云：“觉人之诈，不形于言；受人之侮，不动于色。此中有无穷意味，亦有无限受用。”

喜闻人过，不如喜闻己过。乐道己善，何如乐道人善。

论人之非，当原其心，不可徒泥其迹。取人之善，当据其迹，不必深究其心。

吕新吾云：“论人情，只向薄处求；说人心，只从恶边想。此是私而刻底念头，非长厚之道也。”

修己以清心为要，涉世以慎言为先。

恶莫大于纵己之欲，祸莫大于言人之非。

施之君子，则丧吾德。施之小人，则杀吾身。[1]

人褊急，我受之以宽宏。人险仄，我待之以坦荡。

持身不可太皎洁，一切污辱垢秽要茹纳得。处世不可太分明，一切贤愚好丑要包容得。

精明须藏在浑厚里作用。古人得祸，精明人十居其九，未有浑厚而得祸者。

德盛者，其心和平，见人皆可取，故口中所许可者多。德薄者，其心刻傲，见人皆可憎，故目中所鄙弃者众。

吕新吾云：“世人喜言无好人，此孟浪语也。推原其

_____

[1] 此指言人之非者。

病，皆从不忠不恕所致，自家便是个不好人，更何暇责备他人乎？"

律己宜带秋气，处世须带春风。

盛喜中勿许人物，盛怒中勿答人书。

喜时之言多失信，怒时之言多失体。

静坐常思己过，闲谈莫论人非。

面谀之词，有识者未必悦心。背后之议，受憾者常若刻骨。

攻人之恶毋太严，要思其堪受。教人以善毋过高，当使其可从。

事有急之不白者，缓之或自明，毋急躁以速其戾。人有操之不从者，纵之或自化，毋苛刻以益其顽。

己性不可任，当用逆法制之，其道在一"忍"字。人性不可拂，当用顺法调之，其道在一"恕"字。

临事须替别人想，论人先将自己想。

欲论人者先自论，欲知人者先自知。

凡为外所胜者，皆内不足。凡为邪所夺者，皆正不足。

今人见人敬慢，辄生喜愠心，皆外重者也。此迷不破，胸中冰炭一生。

小人乐闻君子之过，君子耻闻小人之恶。此存心厚薄之分，故人品因之而别。

惠不在大，在乎当厄。怨不在多，在乎伤心。

毋以小嫌疏至戚，毋以新怨忘旧恩。

刘直斋云："好合不如好散，此言极有理。盖合者，始也；散者，终也。至于好散，则善其终矣。凡处一事，交一人，无不皆然。"

惠吉类

群居守口，独坐防心。

造物所忌，曰刻曰巧。万类相感，以诚以忠。

《谦》卦六爻皆吉，"恕"字终身可行。

知足常足，终身不辱。知止常止，终身不耻。

明镜止水以澄心，泰山乔岳以立身，青天白日以应事，霁月光风以待人。

悖凶类

盛者衰之始，福者祸之基。

佩玉编

明薛文清公读书录选

二十年治一"怒"字，尚未消磨的尽。以是知克己最难。

余每夜就枕，必思一日所行之事。所行合理，则恬然安寝。或有不合，即辗转不能寐。思有以更其失，又虑始勤终怠也，因笔录自警。

深以刻薄为戒，每事当从忠厚。

宁人负我，毋我负人。此言当留心。

惟宽可以容人，惟厚可以载物。

导友善不纳，则当止。宜体此言。

不能感人，皆诚之未至。

学以静为本。

口念书而心他驰，难乎有得矣。

余于坐立方向器用安顿之类，稍有不正，即不乐。必正而后已，非作意为之，亦其性然。

一语妄发即有悔，可不慎哉！

不力行，只是学人说话。

程子作字甚敬。曰："只此是学。"

凡取人，当舍其旧而图其新。自贤人以下，皆不能无过。或早年有过，中年能改。或中年有过，晚年能改。当不追其往，而图其新可也。若追究其往日之过，并弃其后来之善，将使人无迁善之门，而世无可用之材也。以是处心，刻亦甚矣。

大抵常人之情，责人太详，而自责太略。是所谓以圣人望人，以众人自待也。惑之甚矣！

作诗作文写字，疲弊精神，荒耗志气，而无得于己。惟从事于心学，则气完体胖，有休休自得之趣。惟亲历者知其味，殆难以语人也。

开卷即有与圣贤不相似处。可不勉乎？

欲以虚假之善，盖真实之恶。人其可欺，天其可欺乎？

人有负才能而见于辞貌者，其小也可知矣。

觉人诈，而不形于言，最有味。

戒太察，太察则无含弘之气象。

行有不得，皆反求诸己。

少陵诗曰："水流心不竞，云在意俱迟。从容自在，可以形容有道者之气象。"

有于一事心或不快，遂于别事处置失宜，此不敬之过也。

往时怒，觉心动。近觉随怒随休，而心不为之动矣。

轻当矫之以重，急当矫之以缓。褊当矫之以宽，躁当矫之以静。暴当矫之以和，粗当矫之以细。察其偏者而悉矫之，久则气质变矣。

陶渊明曰："此亦人子也，可善遇之。"

处事大宜心平气和。

行七八分，言二三分。

处事不可使人知恩。

旧习最害事。吾欲进，彼则止吾之进。吾欲新，彼则旧吾之新。甚可恶，当刮绝之。

为学时时处处是做工夫处。虽至卑至陋处，皆当存谨畏之心，而不可忽。且如就枕时，手足不敢妄动，心不敢乱想，这便是睡时做工夫，以至无时无事不然。

英气甚害事。浑涵不露圭角最好。

第一要有浑厚包涵从容广大之气象。促迫、褊窄、浅率、浮躁，非有德之气象。只观人气象，便知其涵养之浅深。

余觉前二十年之功，不如近时切实而有昧。

寡欲，省多少劳扰。

只寡欲，便无事。无事，心便澄然矣。

密汝言，和汝气。

余少时学诗学字，错用工夫多。早移向此，庶几万一。

省察之功，不可一时而或怠。诗曰：夙夜匪懈。其斯之谓欤?!

"敬"字、"一"字、"无欲"字，乃学者至要至要。余近日甚觉敬与无欲之力。

观人之法，只观含蓄，则浅深可见。

方为一事，即欲人知，浅之尤者。

时然后言，惟有德者能之。

古人衣冠伟博，皆所以庄其外而肃其内。后人服一切简便短窄之衣，起居动静惟务安适。外无所严，内无所肃。鲜不习而为轻佻浮薄者。

守约者，心自定。

待人当宽而有节。

处己接物，事上使下，皆当以敬为主。

圣人言人过处，皆优柔不迫，含蓄不露。此可以观圣人之气象。

曾子曰："战战兢兢，如临深渊，如履薄冰。君子之守其身，可不慎乎？"

必使一言不妄发，则庶几寡过矣。

珠藏泽自媚，玉蕴山含辉。此涵养之至要。

慎言谨行，是修己第一事。

气质极难变，十分用力，犹有变不尽者。然亦不可以为难变，而遂懈于用力也。

小人不可与尽言。

导人以善，不可则止。其知几乎！

言要缓，行要徐，手要恭，立要端。以至作事有节，皆不暴其气之事。

轻诺则寡信。

为学第一在变化气质。不然，只是讲说耳。

人誉之，使无可誉之实，不可为之加喜。人毁之，使无可毁之实，不可为之加戚。惟笃于自信而已。

轻言则人厌，故谨言为自修之要。

识量大，则毁誉欣戚不足以动其中。

人不知而不愠，最为难事。今人少被人侮慢，即有不平之意，是诚德之未至也。无深远之虑，乐浅近之事者，恒人也。

刘立之谓从明道年久，未尝见其有暴厉之容，宜观明道之气象。

圣人教人，只是文行忠信，未尝极论高远。

教人言理太高，使人无可依据。

人犹知论人之是非，而己之是非则不知也。

心无所主，即动静皆失其中。

犯而不校，最省事。

只可潜修默进，不可求人知。

中人以上，可以语上也。中人以下，不可以语上也。须谨守此训，斯无失言之过。

放下一切外物，觉得心闲省事。

交人而人不敬信者，只当反求诸己。

凡事皆当推功让能与人，不可有一毫自德自能之意。

人不能受言者，不可妄与一言。

中人以上，可以语上。中人以下，不可与语上。教人者当谨守此言。与人谈论，亦当谨守此言。

待人当宏而有节。

大抵少能省己之失，惟欲寻人之失。是所谓不攻己之恶，而攻人之恶，大异乎圣人之教矣。

人不谋诸己，而强为之谋，彼即不从，是谓失言。日用间此等甚多，人以为细事而不谨，殊不知失言之责，无小大也。谨之！

日用间纤毫事，皆当省察谨慎。

元城刘忠定力行"不妄语"三字，至于七年而后成。力行之难如此，而亦不可不勉也。

句句着落不脱空，方是谨言。

温公谓："诚自不妄语始。信哉斯言也。"

信口乱谈者，无操存省察之功也。

读正书，明正理，亲正人，存正心，行正事，斯无不正矣。

宴安之私，最难克。

宴安鸩毒，此言当深省。

名节至大，不可妄交非类以坏名节。

简默凝重以持己。

一言不可妄发，一事不可妄动。

日间时时刻刻，紧紧于自己身心上存察用力，不可一毫懈怠。

细思，处事最难。

信而后谏，未信则以为谤己也。君臣朋友皆然，可不慎哉！

闻外议，只当自修自省。

程子曰："省躬克己不可无，亦不可常留在心作悔。盖常留在心作悔，则心体为所累，而不能舒泰也。"

潜修不求人知，理当如此。

汲汲自修不及，何暇责人。不自修而责人，舍其田而耘人之田也。

张子曰："学至于不责人，其学进矣。此言当身体而力行之。愚屡言及此而不厌其烦者，亦欲深省而实践之也。"

正己者乃能正人。未有枉己而能正人者也。

既往之非不可追，将来之非不可作。此吾之自省也。

卫武公、蘧伯玉皆以高年而笃于进修，诚可为后世法。

常存不如人之心则有进。

卫武公年九十五，犹作懿戒以自警。

孔子曰："焉用杀，《论语》二十篇，无以'杀'字论为政者。圣人之仁心大矣。"

《论语》一书，未有言人之恶者。熟读之，可见圣贤之气象。

人之威仪，须臾不可不严整，盖有物有则也。

心每有妄发，即以经书圣贤之言制之。

孔子言有恒者难见。验之人，信然。

不能动人，惟责己之诚有未至。

不怨天，不尤人，理当如是。

颜子终日不违如愚。喋喋多言，而能存者寡矣。

"恕"字用之不尽。

不迁怒工夫甚难。惟尝用力者知之，然亦不可不勉。

欲寡其过而未能之意，时时不可忘。此实修己之要也。

清三韩梁瀛侯日省录选

唐尧戒云："战战栗栗，日谨之一日。人莫踬于山而踬于垤。"

武王书履云："行必履正，无怀侥幸。"又书锋云："忍之须臾乃全汝躯。"又衣铭云："桑蚕苦，女工难，得新绢故后必寒。"

金人铭云："古之慎言人也，戒之哉！戒之哉！无多言，多言多败。无多事，多事多患。安乐必戒，无行所悔，勿谓何伤。其祸将长，勿谓何害。其祸将大，勿谓不闻。神将伺人焰焰不灭，炎炎若何涓涓不壅，终为江河，绵绵不绝。或成网罗，毫末不札，将寻斧柯诚能慎之，福之根也。口是何伤，祸之门也。强梁者不得其死，好胜者必遇其敌。盗憎主人，民怨其上。君子知天下之不可上也，故下之。知众人之不可先也，故后之。温恭慎德，使人慕之。执雌持下，人莫逾之。人皆趋彼，我独守此。人皆惑之，我独不徙。内藏我智，不示人技。我虽尊高，人莫我害。江海虽左，长于百川，以其下也。天道无亲，常与善人。戒之哉！"

勿谓善小而不为，勿谓恶小而为之。

人生一日，或闻一善言，见一善行，行一善事，此日方不虚生。

有一言而伤天地之和，一事而折终身之福者。切须检点。

耳中常闻逆耳之言，心中常有拂心之事，才是进德修业的砥石。若言言悦耳，事事快心，便把此身埋在鸩毒中矣。

薛文清曰："心如镜，敬如磨镜。镜才磨，则尘垢去而光彩发。心才敬，则人欲清而天理明。识得破，忍不过。说得硬，守不定。笑前辙，忘后跌。轻千乘，豆羹竞。讳疾忌医，掩耳偷铃。论人甚明，视己甚昧。得时夸能，不遇妒世，此人情之通患也。"

无事，便思有闲杂妄想否。有事，便思有粗浮意气否。得意，便思有骄矜辞色否。失意，便思有怨望情怀否。

天薄我以福，吾厚吾德以迓之。天劳我以形，吾逸吾心以补之。天阨我以遇，吾亨吾道以通之。天且奈我何哉！

变化气质，居常无所见，惟当利害经变。故遭屈辱，平时愤怒者，到此能不愤怒，忧惶失措者，到此能不忧惶失措。始有得力处，亦便是用力处。

英气甚害事，浑涵不露圭角最好。

人虽至愚，责人则明。虽有聪明，恕己则昏。常以责人之心责己、恕己之心恕人，不患不到圣贤地位。

语人之短不曰直，言人之恶不曰义。

人人赋性，岂容一例苛求。事事凭天，未许预先打算。

毋以小嫌疏至亲，毋以新怨忘旧恩。

马援《诫兄子严、敦书》曰："吾欲汝曹闻人过失，如闻父母之名，耳可得闻，口不可得言也。"

林退斋官至尚书，临终，子孙跪请曰："大人何以训子孙？"公曰："若等只要学我吃亏。"

人家最不要事事足意，常有些不足处便好。人家才事事足意，便有不好事出来，亦消长之理然也。

君子于人，当于有过中求无过。不可于无过中求有过。

忠厚君子，刻薄小人，分途只在一心。

水至清则无鱼，人至察则无徒。

盛喜中勿许人物，盛怒中勿答人简。

御寒莫若重裘，止谤莫若自修。

一切顺逆得丧毁誉爱憎，要知宇宙古今圣贤凡民都有的，不必辄自惊异。

莫大之祸，于起须臾之不忍，不可不谨。

少陵诗云："忍过事堪喜。"

娄师德戒其弟曰："吾甚忧汝与人相竞。"弟曰："人唾面，亦自拭之。"师德曰："凡人唾汝，是其人怒，汝拭之，是逆其心，何不待其自干？"

伊川见人论前辈之短曰："汝且取他长处。"

辑五

一事无成人渐老，
一钱不值何消说

歌曲

梦

　　哀游子茕茕其无依兮，在天之涯。惟长夜漫漫而独寐兮，时恍惚以魂驰。梦偃卧摇篮以啼哭兮，似婴儿时。母食我甘酪与粉饵兮，父衣我以彩衣。月落乌啼，梦影依稀，往事知不知？泪半生哀乐之长逝兮，感亲之思其永垂。

　　哀游子怆怆而自怜兮，吊形影悲。惟长夜漫漫而独寐兮，时恍惚以魂驰。梦挥泪出门辞父母兮，叹生别离。父语我眠食宜珍重兮，母语我以早归。月落乌啼，梦影依稀，往事知不知？泪半生哀乐之长逝兮，感亲之恩其永垂。

祖国歌

　　上下数千年，一脉延，文明莫与肩。纵横数万里，膏腴地，独享天然利。国是世界最古国，民是亚洲大国民。呜呼，大国民！呜呼，唯我大国民！

　　幸生珍世界，琳琅十倍增声价。我将骑狮越昆仑，驾鹤飞渡太平洋，谁与我仗剑挥刀？呜呼，大国民！谁与我鼓吹庆升平！

我的国

（一）

东海东，波涛万丈红。朝日丽天，云霞齐捧，五洲唯我中央中。二十世纪谁称雄？请看赫赫神明种。我的国，我的国，我的国万岁，万岁万万岁！

（二）

昆仑峰，缥缈千寻耸。明月天心，众星环拱，五洲唯我中央中。二十世纪谁称雄？请看赫赫神明种。我的国，我的国，我的国万岁，万岁万万岁！

忆儿时

春去秋来，岁月如流，游子伤漂泊。

回忆儿时，家居嬉戏，光景宛如昨。

茅屋三椽，老梅一树，树底迷藏捉。

高枝啼鸟，小川游鱼，曾把闲情托。

儿时欢乐，斯乐不可作。

儿时欢乐，斯乐不可作。

春游

春风吹面薄于纱，春人妆束淡于画。

游春人在画中行，万花飞舞春人下。

梨花淡白菜花黄，柳花委地芥花香。

莺啼陌上人归去，花外疏钟送夕阳。

送别

长亭外，古道边，芳草碧连天。晚风拂柳笛声残，夕阳山外山。

天之涯，地之角，知交半零落。一瓢浊酒尽余欢，今宵别梦寒。

落花

纷纷，纷纷，纷纷，纷纷；纷纷，纷纷，纷纷，纷纷。惟落花委地无言兮，化作泥尘。寂寂，寂寂，寂寂，寂寂；寂寂，寂寂，寂寂，寂寂。何春光长逝不归兮，永绝消息。忆东风之日暄，芳菲菲以争妍。既垂荣以发秀，倏节易而时迁。春残！览落红之辞枝兮，伤花事其阑珊。已矣！春秋其代序以递嬗兮，俯念迟暮。荣枯不须臾，盛衰有常数。人生之浮年若朝霞兮，泉壤兴哀。朱华易清歌，青春不再来。

晚钟

大地沉沉落日眠，平墟漠漠晚烟残。幽鸟不鸣暮色起，万籁俱寂丛林寒。浩荡飘风起天杪，摇曳钟声出尘表。绵绵灵响彻心弦，呦呦幽思凝冥杳。众生病苦谁扶持？尘网颠倒泥途污。惟神悯恤敷大德，拯吾罪过成正觉。誓心稽首永皈依，瞑瞑入定陈虔祈。倏忽光明烛太虚，云端仿佛天门破。庄严七宝迷氤氲，瑶华翠羽垂缤纷。浴灵光兮朝圣真，拜手承神恩！仰天衢兮瞻慈云，若现忽若隐隐。钟声沉暮天，神恩永存在。神之恩，大无外。

秋夜

（一）

正日落秋山，一片罗云隐去。万种情怀，安排何处？却妆出嫦娥，玉宇琼楼缓步。天高气清，满庭风露。问耿耿银河，有谁人引渡？四壁凉蛩，如来相语。尽遣了闲愁，聊共月华小住。如此良宵，人生难遇。

正寒蝉吟罢，蓦然萤火飞流。夜凉如水，月挂帘钩。爱星河皎洁，今宵雨敛云收。虫吟侑酒，扫尽闲愁。听一声长笛，有谁人倚楼？天涯万里，情思悠悠。好安排枕簟，独寻睡乡优游。金风飒飒，底事悲秋？

（二）

眉月一弯夜三更，画屏深处宝鸭篆烟青。唧唧唧唧，唧唧唧唧，秋虫绕砌鸣。小簟凉多睡味清。

冬

一帘月影黄昏后，疏林掩映梅花瘦。墙角嫣红点点肥，山茶开几枝。

小阁明窗好伴侣，水仙凌波淡无语。岭头不改青葱葱，犹有后凋松。

清凉歌五首

（一）清凉

清凉月，月到天心，光明殊皎洁。今唱清凉歌，心地光明一笑呵。

清凉风，凉风解愠，暑气已无踪。今唱清凉歌，热恼消除万物和。

清凉水，清水一渠，涤荡诸污秽。今唱清凉歌，身心无垢乐如何。

清凉，清凉，无上究竟真常。

（二）山色

近观山色苍然青，其色如蓝。远观山色郁然翠，如蓝成靛。山色非变，山色如故，目力有长短。自近渐远，易青为翠。自远渐近，易翠为青。时常更换，是由缘会。幻相现前，非唯翠幻，而青亦幻。是幻，是幻，万法皆然。

（三）花香

庭中百合花开，昼有香，香淡如；入夜来，香乃烈。鼻观是一，何以昼夜浓淡有殊别？白昼众喧动，纷纷俗务萦。目视色，耳听声，鼻观之力，分于耳目丧其灵。心清闻妙香，用志不分，乃凝于神，古训好参详。

（四）世梦

却来观世间，犹如梦中事。人生自少而壮，自壮而老，自老而死。俄入胞胎，俄出胞胎，又入又出无穷已。生不知来，死不知去，蒙蒙然，冥冥然，千生万劫不自知。非真梦欤？枕上片时春梦中，行尽江南数千里。今贪名利，梯山航海，岂必枕上尔。庄生梦蝴蝶，孔子梦周公，梦时固是梦，醒来何非梦。扩大劫来，一时一刻皆梦中。破尽无明，大觉能仁，如是乃为梦醒汉，如是乃名无上尊。

（五）观心

世间学问义理浅，头绪多，似易而反难。出世学问义理深，线索一，虽难而似易。线索为何？现前一念心性应寻觅。试观心性，在内欤？在外欤？在中间欤？过去欤？现在欤？或未来欤？长短方圆欤？赤白青黄欤？觅心了不可得，便悟自性真常。是应直下信入，未可错下承当。试观心性，内外、中间，过去、现在、未来，长短、方圆，赤白、青黄。

诗词选

咏山茶花

瑟瑟寒风剪剪催，几枝花放水云隈。

淡妆写出无双品，芳信传来第二回。

春色鲜鲜胜似锦，粉痕艳艳瘦于梅。

本来桃李羞同调，故向百花头上开。

右，余近作《山茶花》诗也，格效东瀛诗体，愧鲜形貌之似；近读东瀛山根立庵先生佳作，而拙作益觉如土饭尘羹矣。先生《咏山茶花诗》云：前身尝住建溪滨，国色由来幽意贫。凌雪知非青女匹，耐寒或与水仙亲。丰腴坡老诗中相，明艳涪翁赋里人。莫被渡江梅柳妒，群芳凋日早回春。

己亥岁暮之月，惜霜仙史成蹊。

清平乐 赠许幻园

城南小住，情适闲居赋。文采风流合倾慕，闭户著书自足。

阳春常驻山家，金樽酒进胡麻。篱畔菊花未老，岭头又放梅花。

老少年曲

梧桐树，西风黄叶飘，日夕疏林杪。花事匆匆，零落凭谁吊？

朱颜镜里凋，白发愁边绕。一霎光阴，底是催人老。有千金，也难买韶华好。

夜泊塘沽

杜宇声声归去好，天涯何处无芳草。

春来春去奈愁何？流光一霎催人老。

新鬼故鬼鸣喧哗，野火磷磷树影遮。

月似解人离别苦，清光减作一钩斜。

遇风愁不成寐

到津次夜，大风怒吼，金铁皆鸣，愁不成寐。

世界鱼龙混，天心何不平？

岂因时事感，偏作怒号声。

烛尽难寻梦，春寒况五更。

马嘶残月坠，笳鼓万军营。

感时

杜宇啼残故国愁，虚名遑敢望千秋。

男儿若论收场好，不是将军也断头。

津门清明

一杯浊酒过清明，箸断樽前百感生。

辜负江南好风景，杏花时节在边城。

示津中同人

千秋功罪公评在，我本红羊劫外身。

自分聪明原有限，羞从事后论旁人。

西江月 宿塘沽旅馆

残漏惊人梦里，孤灯对景成双。前尘渺渺几思量，只道人归是谎。

谁说春宵苦短，算来竟比年长。海风吹起夜潮狂，怎把新愁吹涨？

登轮感赋

感慨沧桑变，天边极目时。

晚帆轻似箭，落日大如其。

风卷旌旗走，野平车马驰。

河山悲故国，不禁泪双垂。

南浦月　将北行矣，留别海上同人

杨柳无情，丝丝化作愁千缕。惺忪如许，萦起心头绪。

谁道销魂，尽是无凭据。离亭外，一帆风雨，只有人
归去。

和冬青馆主题京伶瑶华书扇四绝

素心一瓣证前因，恻恻灵根渺渺神。

话到华年怨迟暮，美人香草哭灵均。

承平歌舞忆京华，紫陌青骢踏落花。

记得春风楼畔路，琵琶弹彻陌行斜。

鼙鼓渔阳感动尘，莺花无复旧时春。

潇潇暮雨徐娘怨，忆否江南梦里人？

长安子弟叹飘零，曾向红羊劫里径。

莫问开元太平曲，伤心回首旧门庭。

早秋

十里明湖一叶舟，城南烟月水西楼。几许秋容娇欲流，隔着垂杨柳。

远山明净眉尖瘦，闲云飘忽罗纹绉。天末凉风送早秋，秋花点点头。

喝火令 哀国民之心死

故国鸣鹎鸰，垂杨有暮鸦。江山如画日西斜。新月撩人透入碧窗纱。

陌上青青草，楼头艳艳花。洛阳儿女学琵琶。不管冬青一树属谁家，不管冬青树底影事一些些。

昨夜

昨夜星辰人倚楼，中原咫尺山河浮。

沈沈万绿寂不语，梨华一枝红小秋。

春风

春风几日落红堆，明镜明朝白发摧。

一颗头颅一杯酒，南山猿鹤北山莱。

秋娘颜色娇欲语，小雅文章凄以哀。

昨夜梦游王母国，夕阳如血染楼台。

《茶花女遗事》演后感赋

东邻有儿背佝偻，西邻有女犹含羞。

螟蛄宁识春与秋，金莲鞋子玉搔头。

誓度众生成佛果，为现歌台说法身。

孟旃不作吾道绝，中原滚地皆胡尘。

咏菊

姹紫嫣红不耐霜，繁华一霎过韶光。

生来未借东风力，老去能添晚节香。

风里柔条频损绿，花中正色自含黄。

莫言冷淡无知已，曾有渊明为举觞。

贻王海帆先生

孤山归寓，成小诗书扇，贻王海帆先生。

文字聊交谊，相逢有宿缘。

社盟称后学，科第亦同年。

抚碣伤禾黍，怡情醉管弦。

西湖风月好，不慕赤松仙。

悲秋

西风乍起黄叶飘，日夕疏林杪。花事匆匆，梦影迢迢，
零落凭谁吊。镜里朱颜，愁边白发，光阴暗催人老。纵有千
金，纵有千金，千金难买年少。

月夜游西湖归寝

正红墙斜倚，天外笙歌起。更碧空无际，眼底哀欢里。
故宫禾黍已成蹊，《清商》《水调》哀而属。剩有嫦娥停机窃
笑："天上人间异。"

题陈师曾荷花小幅

师曾画荷花，昔藏余家。癸丑之秋，以贻听泉先生同
学。今再展玩，为缀小词。时余将入山坐禅，慧业云云，以
美荷花，亦以是自劭也。丙辰寒露。

一花一叶，孤芳致洁。昏波不染，成就慧业。

题《胜月吟剩》

莽莽神州里，斯文孰起衰。

沧江明月夜，何幸读君诗。

附录

弘一法师之出家

夏丏尊

今年旧历九月二十日，是弘一法师满六十岁诞辰，佛学书局因为我是他的老友，嘱写些文字以为纪念，我就把他的出家的经过加以追叙。他是三十九岁那年夏间披剃的，到现在已整整过了二十一年的僧侣生涯。我这里所述的，也都是二十年前的旧事。

说起来也许会教大家不相信，弘一法师的出家，可以说和我有关，没有我，也许不至于出家。关于这层，弘一法师自己也承认。有一次，记得是他出家二三年后的事，他要到新城掩关去了，杭州知友们在银洞巷虎跑寺下院替他饯行，有白衣，有僧人。斋后，他在座间指了我向大家道："我的出家，大半由于这位夏居士的助缘，此恩永不能忘！"我听了不禁面红耳赤，惭悚无以自容，因为（一）我当时自己尚无信仰，以为出家是不幸的事情，至少是受苦的事情，弘一法师出家以后即修种种苦行，我见了常不忍。（二）他因我之助缘而出家修行去了，我却竖不起肩膀，仍浮沉在醉生梦死的凡俗之中，所以深深地感到对于他的责任，很是难过。

我和弘一法师相识，是在杭州浙江两级师范学校任教的时候。这个学校有一个特别的地方，不轻易更换教职员。我前后担任了十三年，他担任了七年。在这七年中我们晨夕一堂，相处得很好。他比我长六岁，当时我们已是三十左右的人了，少年名士气息，忏除将尽，想在教育上做些实际功夫。我担任舍监职务，兼教修身课，时时感觉对于学生感化力不足。他教的是图画、音乐二科。这两种科目，在他未来以前，是学生所忽视的。自他任教以后，就忽然被重视起来，几乎把全校学生的注意力都牵引过去了。课余但闻琴声歌声，假日常见学生出外写生。这原因一半当然是他对于这二科实力充足，一半也由于他的感化力大。只要提起他的名字，全校师生以及工役没有人不起敬的。他的力量，全由诚敬中发出，我只好佩服他，不能学他。举一个实例来说：有一次，寄宿舍里有学生失少财物了，大家猜测是某一个学生偷的，检查起来，却没有得到证据。我身为舍监，深觉惭愧苦闷，向他求教。他所指教我的方法，说也怕人，教我自杀！说："你肯自杀吗？你若出一张布告，说做贼者速来自首，如三日内无自首者，足见舍监诚信未孚，誓一死以殉教育。果能这样，一定可以感动人，一定会有人来自首。——

这话须说得诚实，三日后如没有人自首，真非自杀不可。否则便无效力。"

这话在一般人看来是过分之辞，他提出来的时候，却是真心的流露，并无虚伪之意。我自愧不能照行，向他笑谢，他当然也不责备我。我们那时颇有些道学气，俨然以教育自任，一方面又痛感到自己力量不够。可是所想努力的，是儒家式的修养，至于宗教方面简直毫不关心的。

有一次，我从一本日本的杂志上见到一篇关于断食的文章，说断食是身心"更新"的修养方法，自古宗教上的伟人，如释迦，如耶稣，都曾断过食。断食能使人除旧换新，改去恶德，生出伟大的精神力量，并且还列举实行的方法及注意的事项，又介绍了一本专讲断食的参考书。我对于这篇文章很有兴味，便和他谈及，他就好奇地向我要了杂志去看。以后我们也常谈到这事，彼此都有"有机会时最好断食来试试"的话，可是并没有做过具体的决定，至少在我自己是说过就算了。约莫经过了一年，他竟独自去实行断食了，这是他出家前一年阳历年假的事。他有家眷在上海，平日每月回上海二次，年假暑假当然都回上海的。阳历年假只十天，放假以后我也就回家去了，总以为他仍照例回到上海了的。假满返校，没见到他，过了两个星期他才回来。据说假期中没有回上海，在虎跑寺断食。我问他："为什么不告诉我？"他笑说："你是能说不能行的，并且这事预先教别人知道也不好，旁人大惊小怪起来，容易发生波折。"他的断食共三星期。第一星期逐渐减食至尽；第二星期除水以外完全不食；第三星期起，由粥汤逐渐增加至常量。据说过程很顺利，不但并无痛苦，而且身心反觉轻快，有飘飘欲仙之象。他平日是每日早晨写字的，在断食期间，仍以写字为常课，三星期所写的字，有魏碑，有篆文，有隶书，笔力比平日并不减弱。他说断食时，心比平时灵敏，颇有文思，恐出毛病，终于不敢作文。他断食以后，食量大增，且能吃整块的肉（平日虽不茹素，不多食肥腻肉类）。自己觉得脱胎换骨过了，用老子"能婴儿乎"之意，改名李婴，依然教课，依然替人写字，并没有什么和前不同的情形。据我知道，这时他还只看些宋元人的理学书和道家的书类，佛学尚未谈到。

转瞬阴历年假到了，大家又离校。哪知他不回上海，又到虎跑寺去了。因为他在那里住过三星期，喜其地方清净，所以又到那里去过年。他的皈依三宝，可以说由这时候开始的。据说，他自虎跑寺断食回来，曾去访过马一浮先生，说虎跑寺如何清静，僧人招待如何殷勤。阴历新年，马先生有一个朋友彭先生，求马先生介绍一个幽静的寓处，马先生忆起弘一法师前几天曾提起虎跑寺，就把这位彭先生陪送到虎跑寺去住。恰好弘一法师正在那里，经马先生之介绍，就认识了这位彭先生。同住了不多几天，到正月初八日，彭先生突然发心出家了，由虎跑寺当家为他剃度。弘一法师目击当时的一切，大大感动。可是还不就想出家，仅皈依三宝，拜老和尚了悟法师为皈依师。演音的名，弘一的号，就是那时取定的。假期满后，仍回到学校里来。

　　从此以后，他茹素了，有念珠了，看佛经了，室中供佛像了。宋元理学书偶然仍看，道家书似已疏远。他对我说明一切经过及未来志愿，说出家有种种难处，以后打算暂以居士资格修行，在虎跑寺寄住，暑假后不再担任教师职务。我当时非常难堪，平素所敬爱的这样的好友，将弃我遁入空门去了，不胜寂寞之感。在这七年中，他想离开杭州一师，有三四次之多。有时是因对于学校当局有不快，有时是因别处人来请他。他几次要走，都是经我苦劝而作罢的。甚至于有一个时期，南京高师苦苦求他任课，他已接受聘书了，因为我恳留他，他不忍拂我之意，于是杭州、南京两处跑，一个月中要坐夜车奔波好几次。他的爱我，可谓已超出寻常友谊之外，眼看这样的好友，因信仰的变化，要离我而去，而且信仰上的事不比寻常名利关系，可以迁就。料想这次恐已无法留得他住，深悔从前不该留他。他若早离开杭州，也许不会遇到这样复杂的因缘的。暑假渐近，我的苦闷也愈加甚。他虽常用佛法好言安慰我，我总熬不住苦闷。有一次，我对他说过这样的一番狂言："这样做居士究竟不彻底。索性做了和尚，倒爽快！"我这话原是愤激之谈，因为心里难过得熬不住了，不觉脱口而出。说出以后，自己也就后悔。他却仍是笑颜对我，毫不介意。

暑假到了，他把一切书籍、字画、衣服等，分赠给朋友及校工们——我所得到的是他历年所写的字，他所有的折扇及金表等——自己带到虎跑寺去的，只是些布衣及几件日常用品。我送他出校门，他不许再送了，约期后会，黯然而别。暑假后，我就想去看他，忽然我父亲病了，到半个月以后才到虎跑寺去。相见时我吃了一惊，他已剃去短须，头皮光光，著起海青，赫然是个和尚了！笑说：

"昨天受剃度的。日子很好，恰巧是大势至菩萨生日。"

"不是说暂时做居士，在这里住住修行，不出家的吗？"我问。

"这也是你的意思，你说索性做了和尚……"

我无话可说，心中真是感慨万分。他问过我父亲的病况，留我小坐，说要写一幅字叫我带回去，做他出家的纪念。他回进房去写字，半小时后才出来，写的是《楞严大势至念佛圆通章》，且加跋语，详记当时因缘，末有"愿他年同生安养共圆种智"的话。临别时我和他作约，尽力护法，吃素一年。他含笑点头，念一句"阿弥陀佛"。

自从他出家以后，我已不敢再毁谤佛法，可是对于佛法见闻不多，对于他的出家，最初总由俗人的见地，感到一种责任：以为如果我不苦留他在杭州，如果不提出断食的话头，也许不会有虎跑寺马先生、彭先生等因缘，他不会出家。如果最后我不因惜别而发狂言，他即使要出家，也许不会那么快速。我一向为这责任之感所苦，尤其在见到他作苦修行或听到他有疾病的时候。近几年以来，我因他的督励，也常亲近佛典，略识因缘之不可思议，知道像他那样的人，是于过去无量数劫种了善根的。他的出家，他的弘法度生，都是夙愿使然，而且都是希有的福德，正应代他欢喜，代众生欢喜，觉得以前的对他不安，对他负责任，不但是自寻烦恼，而且是一种僭妄了。

怀弘一上人（节选）

柳亚子

以方外而列南社社籍者，曰湘僧永光，曰粤僧铁禅；而逃释归儒之曼殊，与逃儒归释之弘一，其入社时乃咸不以方外称焉。今永光西归已久，铁禅且堕尘网，曼殊、弘一之名乃复大著。溯余与二人之因缘，殆有可得而言者。曼殊本香山苏氏子，父杰生，商于日，私幸日婢若子，是生曼殊，命其妾河合氏抚育有成。年二十，披剃惠州某寺。顾弗甘食贫，旋窃其已故师兄南雄赵氏子释名博经者之度牒以逃。自是周历暹罗、锡兰，归而教授长沙、芜湖，两至南都，曾主讲杨仁山居士祇洹精舍。容貌洵逸，盖在僧俗间。洎与余同游海上时，则毳衣革履，无复行脚僧故态矣。弘一俗姓李，名广侯，字息霜，家世浙西巨族，官籍天津。父筱楼，以名进士官吏部，精阳明学，晚耽禅悦。弘一为孽子，早失怙。生而苕秀，翩翩裘马，征逐名场。壮游樱岛，习美术，举凡音乐绘画以金石书法，靡不精妙。尤嗜戏剧，创春柳社，演茶花女，自饰马克，观众诧为天人。寻挟日妾以归。值民国新建，余与亡友朱少屏辈组《太平洋报》，据沪渎。弘一主编画报，既刊曼殊《断鸿零雁记》，复乞陈师曾作插画，署朽道人。说者诮僧道合作，实则曼殊早返初服，弗当复以僧名，顾亦未料谶乃终属诸弘一也。有言曼殊此书，弘一为润饰之，此语谬甚。曼殊译拜伦诗，乞余杭师弟商榷，尚近事实。若《断鸿零雁记》，则何关弘一哉！曼殊逝世未十年，弘一遽摈其日妾，入西湖大慈山为僧。余亦自此不复见弘一矣！战事既兴，弘一闭关闽海，度其六秩世腊。李生芳远驰笺索诗，余寿以偈云：

君礼释迦佛，我拜马克思。
大雄大无畏，迹异心岂殊。

又云：

闭关谢尘网，吾意嫌消极。
愿持铁禅杖，打杀卖国贼。

见者缩项咋舌，顾弘一不以为忤，亦报余一偈云：

亭亭菊一枝，高标矗劲节。

云何色殷红，殉教应流血。

呜呼，洵可谓善知识已！

李叔同先生

曹聚仁

　　"五四"前后中年人的寂寞、苦闷，在我们年轻的人是不大了解的。"五四"狂潮中，记得有一天晚上，沈仲九先生亲切地告诉我们："弘一法师（李叔同先生法名）若是到了现在，也不会出家了。"可是李叔同先生的出家，我们只当作一种谈助，他心底的谜，我们是猜不透的。

　　在我们教师中，李叔同先生最不会使我们忘记。他从来没有怒容，总是轻轻地像母亲一般吩咐我们。我曾经早晨三点钟起床练习弹琴，因为一节进行曲不曾弹熟，他就这样旋转着我们的意向。同学中也有愿意跟他到天边的，也有立志以艺术做终身事业的，他给每个人以深刻的影响。伺候他的茶房，先意承志，如奉慈亲。想明道先生"绿满窗前草不除"的融和境界，大抵若此。

　　"我们的李先生"（同学间的称呼），能绘画，能弹琴作曲，字也写得很好，旧体诗词造诣极深，在东京时曾在春柳社演过《茶花女》：这样艺术全才，人总以为是个风流蕴藉的人。谁知他性情孤僻，律己极严，在外和朋友交际的事，从来没有，狷介得和白鹤一样。他来杭州第一师范担任艺术教师，已是中年了，长斋礼佛，焚香诵经，已经过居士的生活。民国六年（1917），他忽然到西湖某寺去静修，绝食十四天，神色依然温润。其明年四月，他乃削发入山，与俗世远隔了。我们偶尔在玉泉寺遇到他，合十以外，亦无他语。有时走过西泠印社，看见崖上的"印藏"，指以相告，曰："这是我们李先生的。"那时彼此虽觉得失了敬爱的导师的寂寞，可也没有别的人生感触。后来"五四"大潮流来了，大家欢呼于狂涛之上。李先生的影子渐渐地淡了，远了。

近来忽然从镜子里照见我自己的灵魂，"五四"的狂热日淡，厌世之念日深，不禁重复唤起李先生的影子来了。友人缘缘堂主和弘一法师过从最密，他差不多走完了李先生那一段路程，将以削发为其终结了。我乃重新来省察李先生当时的心境。李先生之于人，不以辩解，微笑之中，每蕴至理；我乃求之于其灵魂所寄托的歌曲。在我们熟练的歌曲中，《落花》《月》《晚钟》三歌正代表他心灵的三个境界。《落花》代表第一境界：

纷纷，纷纷，纷纷，纷纷；纷纷，纷纷，纷纷，纷纷。惟落花委地无言兮，化作泥尘。寂寂，寂寂，寂寂，寂寂；寂寂，寂寂，寂寂，寂寂。何春光长逝不归兮，永绝消息。忆东风之日暄，芳菲菲以争妍。既垂荣以发秀，倏节易而时迁。春残！览落红之辞枝兮，伤花事其阑珊。已矣！春秋其代序以递嬗兮，俯念迟暮。荣枯不须臾，盛衰有常数。人生之浮年若朝霞兮，泉壤兴哀。朱华易清歌，青春不再来。

这是他中年后对生命无常的感触，那时期他是非常苦闷的，艺术虽是心灵寄托的深谷，而他还觉得没有着落似的。不久他静悟到另一境界，那便是《月》所代表的境界：

仰碧空明明，朗月悬太清；

瞰下界扰扰，尘欲迷中道！

惟愿灵光普万方，荡涤垢滓扬芬芳。

虚渺无极，圣洁神秘，灵光常仰望！

惟愿灵光普万方，荡涤垢滓扬芬芳。

虚渺无极，圣洁神秘，灵光常仰望！

他既作此超现实的想望，把心灵寄托于彼岸。顺理成章，必然地走到《晚钟》的境界：

　　大地沉沉落日眠，平墟漠漠晚烟残。幽鸟不鸣暮色起，万籁俱寂丛林寒。浩荡飘风起天杪，摇曳钟声出尘表。绵绵灵响彻心弦，眇眇幽思凝冥香。众生病苦谁扶持？尘网颠倒泥途污。惟神悯恤敷大德，拯吾罪过成正觉。誓心稽首永皈依，瞑瞑入定陈虔祈。倏忽光明烛太虚，云端仿佛天门破。庄严七宝迷氤氲，瑶华翠羽垂缤纷。浴灵光兮朝圣真，拜手承神恩！仰天衢兮瞻慈云，若现忽若隐隐。钟声沉暮天，神恩永存在。神之恩，大无外。

　　弘一法师出家后，刻苦修行，治梵典勤且笃，和太虚法师那些吹法螺的上人又不相同。他在和尚队中，该是十分孤独寂寞的吧！

　　相传弘一法师近来衰病日侵，他对于生命的究竟当有了更深切的了悟，惟这涅槃境方是真解脱，我们祝福他！